ベリーズ文庫

気高き敏腕CEOは薄幸秘書を滾る熱情で愛妻にする

吉澤紗矢

STARTS
スターツ出版株式会社

目次

気高き敏腕CEOは薄幸秘書を滾る熱情で愛妻にする

特別書き下ろし番外編

気高き敏腕CEOは薄幸秘書を滾る熱情で愛妻にする

一章　突然恋に落ちた夜

「すぐに何も考えられなくなる」

颯斗が咲良の体を軽々と抱き上げる。

あっ、と思った時には彼はリビング隣の寝室に足を向けており、咲良が言葉を発するより前にベッドに組み敷かれていた。

薄暗い部屋でも颯斗の表情がよく見える。ということはこちらの顔も見られているということ。きっと緊張で酷い顔をしているだろう。それなのに颯斗はまるで大切なものを見つけたように幸せそうに微笑んだ。

平凡な咲良の日常に訪れる訳がないと思っていた特別なひととき。

「どうしても今夜、君を手に入れたいと思った」

彼の言葉を心から信じた訳じゃない。ムードを盛り上げるリップサービスだろうと僅かに残る理性が訴えている。

ただそれでもいい。今は何も考えずにこの至福の時間に浸っていたい。

たとえ、たった一度の逢瀬になるのだとしても――。

春の日差しが暖かな四月上旬のある日。『金洞商会』の秘書室に、ヒステリックな男性の声が響き渡る。

「駒井くん！　今日の昼はいつもの『青蘭邸』じゃないのか？」

名前を呼ばれた駒井咲良が振り返ると、恰幅のよい男性が出入口を塞ぐように立っていた。相当怒っているのか顔が真っ赤に染まっている。

咲良は慌てて席を立ち彼の下に駆けつけた。

「金洞副社長、本日の会食は銀座のレストランで、十二時ちょうどの予定となっております」

「昔から会食は青蘭邸と決まっているのに、どうして勝手に変更するんだ！」

「先方の原田部長がベルギー料理を好むと聞いたからです。予約を取る際に副社長に許可をいただきましたが」

「許可なんて出してないぞ！　駒井くんが勘違いしているんじゃないか？」

（そんなはずは……予約前と後で四回確認して、副社長も分かったって言ってたはず……）

けれど戸惑う心の声は飲み込むしかない。

咲良が秘書として仕える金洞商会副社長、金洞太蔵は決して自分の間違いを認めない、頑固で気難しい性格だからだ。

ベテラン社員たちが言うには若い頃から癖が強い人物だったようで、五十九歳になった今もスイッチが入ると、気が済むまで大きな声で怒鳴り散らし相手が謝るまで収まらない。

「報告を失念していたのかもしれません。申し訳ありませんでした」

咲良は諦めて頭を下げた。すると副社長は、自分の言い分の正しさが証明されたとでも思ったのか、まんざらでもないように大きく頷く。

「まったく仕方ないな、次からは気をつけなさい。それより十二時ならそろそろ出ないといけないんじゃないか？」

激しかった怒りはすっかり消えたようで、既に別件に関心が向いたようだ。

「出発は十一時三十分の予定です。車の準備ができ次第声をかけさせていただきます」

「うむ、分かった」

副社長は横柄に頷くと、何事もなかったかのように出て行った。

「はあ……」

秘書室に静けさが戻ると、咲良は溜息を吐いた。

（まだお昼にもなってないのに、疲れちゃったな……）

とはいえ休んでいる暇はない。中断した文書作成の続きをしなくては。

くるりと踵を返し自席に戻る。そのとき身だしなみのチェック用に置いてある姿見が視界に入り、咲良はうっと息を呑んだ。映る自分の姿が酷いものだったからだ。

人と接する機会が多い秘書という仕事柄、外見はそれなりに気を遣っている。

肩甲骨までの長さの髪は上品なマットベージュにカラーリングし、少し吊り上がり気味の大きな目はメイクで柔らかな印象に。

気持ちの面でも、忙しいときこそ笑顔を忘れず丁寧にと自分に言い聞かせて頑張っているつもり。ところが今の咲良の顔には疲れがにじみ出てしまっていた。

情けなく下がった口角に、眉間にはシワが寄っている。

（なんて酷い顔……）

「咲良ちゃん、大丈夫？」

ショックを受けて固まっていると、社長秘書の国原美貴に声をかけられた。

咲良は大学卒業後に、新橋に本社を構える菓子メーカーに入社し、新人研修を経て営業部に配属。その後二十五歳で秘書室に異動になった。

当時は右も左も分からず戸惑ってばかりで、そんな咲良に一から仕事を教えてくれたのが、五歳年上の美貴だった。

縁の下の力持ち的な秘書の仕事を咲良は気に入っている。サポート業務は自分にあっていると感じるし、やりがいがある。

ただ問題は、役員の中で最も気難しく、担当秘書がすぐに辞めてしまうという副社長付きに選ばれてしまったこと。

咲良は眉間に深く刻まれたシワを指で伸ばしつつ、笑顔をつくった。

「また美貴さんに心配かけてしまってすみません」

「咲良ちゃんのせいじゃないでしょ。それにしても副社長には困ったものね、なにも人前で怒ることないのに。しかもまた勘違いなんでしょう?」

美貴が周囲を気にしながら声をひそめる。

「はい、いつもの感じです」

咲良もひそひそ返事をする。

「トラブルが続くせいで残業ばかりだし。大分疲れてるんじゃない?」

「適度に息抜きはしてるので大丈夫です」

「本当に無理しないでね、頑張っているのは、みんな分かってるから。咲良ちゃんが副社長のフォローをしているから、大きなトラブルにならずに済んでるって」

「そう言って貰えてうれしいです」

咲良は本心からそう答えた。挫けそうになるときもあるけれど、必要とされている実感がモチベーションになっている。

（モヤモヤしてるよりも、前向きになった方がいいよね）

少なくともさっきのような情けない顔は厳禁だ。

咲良は気持ちを切り替えて自席に戻り、文書作成の続きに取り掛かった。

会食用に選んだレストランはクラシカルな内装が上品で、予約した個室も大切なお客様とゆっくり食事をするのに相応しく整っていた。

ところが副社長は乱暴に椅子に座るなり、同行している咲良をぎろりと睨んだ。

「なんだかぱっとしない店だな。もっと他によい所はなかったのか？」

どうやら気に入らなかったようで不機嫌になってしまった。しかし、会食相手が到着すると一転、満面の笑みで席を立ち出迎える。

「原田部長、ご無沙汰しております！」

原田部長は四十代半ばのできるビジネスマンといった印象の男性で、副社長より一回り以上細くすらりとしている。

咲良はもちろん金洞副社長も、彼に会うのは今日で二度目だ。初対面は半年前に行われた政治資金パーティーの会場だった。

「お待たせして申し訳ありません」

「いえいえ、道が混雑していたのでしょう。ささっ、お座り下さい」

普段は傲慢な副社長が、役職が下の相手にここまで気を遣うのは、今回の取引を何としても成功させたいからだ。

金洞商会は経営不振が続いている。

原因は主力商品である菓子の売れ行きが落ちているからで、経費削減も成果が出ず、利益率の改善に繋がらない。根本的な原因として少子化問題があるが、そんな中でもライバル企業は新たな流通システムを構築したことで業績を上げているのだとか。

金洞商会も負けていられないと、人気メーカーとのコラボ商品を企画した。

子供向け菓子に、次々とヒット商品を打ちだしている『HARADA』製のおもちゃをおまけとしてつけて集客を狙うのだ。

これは副社長自ら指揮を執っている企画で、かなり気合を入れている。

とはいえ、金洞商会とHARADA間では取引実績がないため、簡単ではない。

この会食は商談をする前段階。繋がりを深くするための接待のようなものだ。だから咲良は少しでも会食の雰囲気が良くなるようにと、事前に原田部長の好みをリサーチして、店とメニューを慎重に選んだ。

残念ながら金洞副社長には不評だけれど。

ところが、原田部長が料理を褒めると、手の平を返すように態度が変わった。

「ご満足いただけたようで、よかった！」

「料理の味はもちろん、店の雰囲気も素晴らしいですね」

「私も気に入っていましてときどき通っているのですよ。原田部長と趣味が合うようでうれしいですな！」

がははと下品に大きな口を開けて笑う副社長の姿に、咲良は心の中で溜息を吐いた。

それから一時間後。無事会食が終了し、金洞副社長と並んで原田部長を見送った。

ずっと気を張っていた咲良は、ようやく肩の力を抜く。

（今日は何事もなくてよかった。ＨＡＲＡＤＡ側の反応も悪くなかったみたいだし、会食は成功かな。この後はすぐに帰社して……）

「それじゃあ、私はこのまま行くとするか。駒井くんは真っ直ぐ会社に戻りなさい」

咲良がこの後の段取りを頭の中で思い浮かべていると、金洞副社長が予想外の発言をした。

「え？　……あのっ、副社長、どこに行かれるのでしょうか？」

状況が理解できず慌てる咲良に、金洞副社長が煩(わずら)わしそうに顔をしかめる。

「三鷹(みたか)先生の個展に行くんだ。招待されていると前から言ってただろう？」

「いえ、初めて聞きますし、この後は役員会議などスケジュールが詰まっていますので個展に行くのは無理だと思いますが」

午後三時からは役員会議。終了後は営業部長と打ち合わせ。今日は忙しくその後も空いている時間はない。

「ごちゃごちゃ言うな！　予定は変えられない。人脈をつくるのも大事な仕事だからな。だいたい個展の話は前からしていた。勝手に予定を入れた駒井君が悪いんじゃないか！」

「そんな……」

信じられない言葉に唖然としてしまう。

「そうだ。駒井君のミスだ。だから会議は代理を立てるなりなんとかしておくように」

副社長はまだまだ文句を言いたそうな様子だったが、時間が迫っているのだろう。

腕時計に目を遣ると慌てた様子でその場から去ってしまった。

「副社長？　待ってください！」

呼びかけた声は無視され、残された咲良は茫然と佇むばかり。

（……嘘でしょう？）

副社長の立場にある人が大切な会議を放って個展に行ってしまうなんて。

「どうしよう……」

金洞副社長の姿は人波に紛れてもう見えなくなってしまった。しばらく体が動かなかったが、いつまでもショックを受けてはいられない。

すぐに帰社して、副社長が欠席すると連絡しなくては。

きっと多くの人に迷惑をかけて不愉快にさせてしまうだろう。

想像すると、胃が痛くなる。

咲良の方が現実逃避して消えてしまいたいくらいだ。

けれどそんな無責任なことができるはずがなく、気力を振り絞り駅に足を向けたのだった。

「あー……今日は大変だったな」

咲良は、カウンターの端の席でぐったり項垂（うなだ）れた。

ここはダイニングバー『霽月（せいげつ）』。

東京メトロ銀座駅から徒歩十分程歩いた雑居ビルの二階。ロングカウンターと四人掛けソファが三席の小さな店だ。

店内には、朧月のようなぼんやりした灯りが雰囲気のある空間を作り出し、ところどころに置かれている月のモチーフが、和を感じさせるインテリアの中、よいアクセントになっている。華やかさはないけれどほっと一息つける居心地のよい空間だ。

店名の霽月とは雨が上がったあとの月のような、さっぱりとした心境、という意味があるらしい。訪れる客によい気分になって帰って欲しいというマスターの気持が込められているのだろう。

咲良がこのバーに通い始めてそろそろ二年になる。友人に連れられて来たのがきっかけだが、女性ひとりでも過ごしやすい居心地のよい環境と、バーにしては凝った美味しい料理がお気に入りだ。

また、マスターの穏やかな人柄や、客層の良さもあってゆっくり過ごすのに向いている。

咲良は仕事で特に疲れた日などに癒しを求めて、だいたい月に二回くらいの頻度で立ち寄っている。

落ち込んでいても、ここで息抜きをすると帰る頃には心穏やかになり、明日からまた頑張ろうと前向きになれる。

咲良は無垢材のカウンターに置かれた、グラスに手を伸ばす。

そのとき、まるで狙ったかのように、左腕にばしゃっと水が降りかかった。

「あっ！」

同時に驚いたような高い声が響く。

「す、すみません！　私ったらどうしよう！」

どうやら隣の席の女性が、飲んでいたお酒を派手に零したようだ。水滴が飛び咲良のネイビーのブラウスに、小さな水玉がいくつかできていた。

（グラスを持つ手が滑っちゃったのかな？　中身は白ワイン？）

「ごめんなさい！　服にもたくさんかかってしまいましたよね？　あっ、シミになっちゃった！」

パニックぎみの女性は、大きな目が印象的な美しい女性だった。童顔だがオフィスカジュアル風の服装をしているし、二十代の前半と言ったところだろうか。

ざっと観察する短い間にも、おろおろしている様子がひしひしと伝わってくる。

咲良はトラブルを察して声をかけて来ようとしたマスターをアイコンタクトで止めつつ、女性に返事をする。

「これくらいなら落とせるから大丈夫ですよ。ちょっと待っていて下さいね」

マスターの奥さんが、カウンターと床に零れたワインを拭きとってくれている間に、咲良は足元の荷物入れに置いていたバッグからシミ取りセットを取り出した。

「少し失礼しますね」

女性の袖にそっと触れる。

「えっ？　私は大丈夫です。それよりもあなたの方をなんとかしなくちゃ」

女性の服はアイボリーのニットだから、汚れがそれ程気にならないのだろう。

「いいえ、零したのは白ワインですよね？　ワインは時間が経つと、含まれている糖分が酸化して黄色く頑固なシミになって、白系の洋服だと結構目立つんです。だから油断したら駄目なんですよ」

咲良は説明しながら、女性の腕についたシミの応急処置をする。

「あの……ありがとうございます。ご迷惑をおかけしただけでなく、綺麗にまでして貰ってすみません」

「たいした手間でもないので大丈夫です」

「そんなこと。でもすごく手慣れてらっしゃいますよね」

てきぱきと処理する咲良の手元を見た女性が、感心したように呟く。咲良の顔から思わず笑みがこぼれる。

（だって本当に手慣れてるもの）

金洞副社長の秘書になってからというもの、この程度のトラブルは日常茶飯事だ。

当初は彼が問題を起こす度に慌てふためいていたが、今ではすっかり慣れてしまった。副社長が起こしそうなトラブルの対処法はマスターしたし、必要と思われるものは全て用意してある。おかげで咲良の手荷物は営業部時代の二倍になり、毎日大荷物を持って出勤している。

「はい終わりました。でもこれは応急処置なので、帰宅したら早めに洗濯するかクリーニングに出した方がいいと思います」

「わあ……ありがとうございます」

女性は恐縮した様子で頭を下げる。それから咲良とは反対側の隣席をくるりと振り向いた。

「ごめんなさい颯斗さん、今日はこれで失礼します」

どうやら同行者がいたようだ。「ああ」と低い声が咲良の耳にも届く。たった一言なのに、印象的なよい声だと思った。

（彼女の恋人かな？）

気になったのでそっと姿を見ようとしたら、ぴたりと視線が重なり合った。咲良は思わず息を呑む。

（す、すごいかっこいい人！）

驚きのあまり目を見開き、手は無意識に口元を覆っていた。そんな風に態度に出てしまうくらい、男性は見事な程に整った顔をしていたのだ。

形のよい小さな顔に、完璧な形の眉と綺麗な二重の目、すっとした鼻と口が一分の狂いもなく正しい場所に収まっている。美形とは骨格から整っているのだとしみじみ感じる素晴らしい造作だ。

ヘアスタイルは少し動きのあるショート。特別凝った髪型ではない分、元々の顔立ちの良さを引き立てている。

つい見惚れていると視線に気づいたのか、男性が怪訝な顔になった。

（しまった！）

初対面でじろじろ見るなんて、きっと失礼だと思われた。

咲良は慌てて視線を逸らし、帰って行く女性を見送る。

童顔のせいか小柄なイメージだったけれど、立つとすらりと手足が長くかなり長身だった。多分百六十二センチの咲良よりも十センチくらい高いだろう。華奢なのに胸は前に突き出していてまるで外国のモデルみたいだ。

（ふたりが並ぶと、美男美女でお似合いだな……）

　華やかで輝かしい。日々の仕事で疲れ果てた咲良とは別世界の人間に見える。

　そんなことを考えながら、自分の服の汚れもささっと落として一息つく。するとタイミングを見計らっていたようにマスターに声をかけられた。

「駒井さんご迷惑をおかけしました。お洋服は大丈夫ですか？」

「はい。大したことありません。あ、マスター、お代わりいただけますか？　なにかスカッとするようなものを」

　しばらくすると、小さな泡を立てた白色のカクテルが入ったグラスを差し出された。

「穏便に収めて下さった御礼です」

　どうやら奢ってくれるらしい。

「いいんですか？　ありがとうございます！」

　咲良はグラスを口に運ぶ。甘すぎない爽やかな飲み口。適度な炭酸に爽快感がある。

「美味しい。これを求めてました。さすがマスター」

「お気に召したようでよかった。こちらもどうぞ」

　カウンターにおつまみの小鉢が出される。霽月はどちらかというと庶民的なバーだが、提供される和食系料理がかなり美味しい。

「わあ、うれしい……あっ、この梅のソース美味しいです」

「梅は疲労回復効果がありますからね、駒井さんにぴったりかと。今日もいろいろあったのでしょう？」

「マスターにはお見通しなんですね」

気心が知れているマスターとの和やかな会話に咲良の心が癒される。しばらくすると彼は他の客の応対をはじめた。

咲良がのんびり鯖の梅煮を味わっていると、隣のスツールに誰かが腰を下ろす気配がした。

何気なく目を遣った咲良は驚き口をぽかんと開けてしまった。あの素晴らしいイケメンが何故か隣に移動して来たからだ。

「さっきはありがとう、助かった。御礼に今夜は奢らせてくれないか？」

「あの、本当に大したことはしてませんから」

過去も現在も咲良の身近には存在しなかった眉目秀麗な男性に話しかけられたことに動揺したせいか、たどたどしい言葉しか出て来ない。

（それにしても恋人の御礼を代わりにするなんて、責任感があって気遣いができる人なんだな）

礼儀も完璧で隙など一切無さそうに見える。

「いやそんなことはない、助かったよ……マスター、彼女にベリーニを」

男性はスマートに合図を送り咲良のための新しいドリンクをオーダーする。

決して押し付けがましくはないが遠慮はしない。自分に自信がなければなかなか取れない態度だと感じた。

咲良の目の前にカクテルグラスが置かれる。マスターが作ったものだから、アルコール度数は強すぎないように調整してくれているだろう。

「ありがとうございます。では遠慮なくいただきますね」

これ以上遠慮するのは逆に失礼になる気がした。せっかくだから美味しく頂こうと咲良はピーチジュースのような若々しいピンクのカクテルを口に運ぶ。

見た目通りのほのかな甘味と強すぎない炭酸が広がった。

「さっぱり甘くて美味しいです」

「よかった」

男性がうれしそうに目を細める。整っているがゆえに冷たくも見える顔が優しく綻ぶ様子は、咲良の胸を甘く貫いた。

考えてみたら秘書になってからというもの、咲良の生活は仕事中心に回っている。

最も多く顔を合わせる男性がボスである金洞副社長と、恋愛対象になる相手と関わる機会が殆どないのだ。

めまぐるしい日々に、出会いを求めてどこかに出かける気力なんて残っていない。

そんな中、突然誰もが振り返りそうなイケメンに微笑まれたら、一たまりもない。

ドクンドクンと心臓はうるさく騒ぎ、顔に熱が集まってくる。

(よかった、暗くて)

こんなあからさまな反応を見られたら恥ずかしすぎる。

しかし彼程の男性なら、女性からの羨望の眼差しなど慣れっこかもしれない。

「今日はよいイサキが手に入ったそうだけど、頼んでみるか?」

「あ、そうですね……」

霽月はお酒だけでなく凝った和食の評判もいい。咲良もいつも小鉢をいくつか頼み味わうのだけれど、彼も同様なのだろうか。

「あの、もしかして常連さんですか?」

「もう五年くらい通ってる。ひとりでゆっくりしたいときや、疲れたときに。俺にとって憩いの場だな」

「分かる気がします。私は落ち込んだときに癒しを求めに来ています。よい気分転換になって、帰る頃には元気になってるんですよね」

「なるほど。来るなり物憂げな表情でグラスを見つめていたのは落ち込むようなことがあったからなんだな」

男性がそのときの様子を思い出しているのか、くすっと笑いながら言う。

「見てたんですか？　恥ずかしいです……」

咲良は目を丸くしてから、気まずさに肩を落とした。

「悪い。見るつもりはなかったんだが、つい目に入ってね」

「嫌でも見えたってことですね。うわあ……今度から気を付けよう」

やってしまった。もう少し周りの目を気にしなくては。

「いや、大変そうだと思っただけだから、そこまで気にしなくても、君は……そういえば自己紹介がまだだったな。如月(きさらぎ)颯斗だ。三十三歳、IT関連の仕事をしている」

「駒井咲良、二十七歳です。食品関係の会社で秘書をしてます」

初対面の相手との他愛ない会話の中で自然に名乗る。簡単そうでなかなかタイミングが掴みづらいと咲良が常々感じていることを彼はさらりとこなした。

（スマートな人だな。しかも名前までかっこよく感じる）

ただ、どこかで聞いたことがあるような気がした。

(どこでだっけ?)

思い出そうとしたが、続く彼の声にかき消される。

「駒井さんも常連みたいだけど、居合わせるのは初めてだな」

「そうですね。私は二年程通ってますけど、月に二回か三回くらいしか来ないので、常連とはいえないかもしれません」

「いやマスターに顔を覚えて貰っているんだから十分常連だ」

「そう思って貰えてるならうれしいです」

好きな店からの常連認定は、ウエルカムされているようでなんだか気分がいい。

颯斗は食事もご馳走してくれるとのことで、いくらとホタテのちらし寿司や、牛タンの炙りなどお勧めのものを何点か頼んでくれた。

「美味しい! 牛タンは初めて注文したけど、リピート確定です」

肉を噛んだ瞬間目を丸くし感動する咲良に、颯斗は楽しそうに頬を緩める。

「今、お代わりしてもいいぞ」

本当にお代わりを頼まれてしまう。

ドリンクがなくなれば、すぐに新しいものをオーダーするなど、他にもあれこれ世話を焼かれる状況に咲良は戸惑うが、せっかくだからこの幸せな時間を楽しもうと、おしゃべりに興じる。

少しずつアルコールが回るのに比例して、彼への緊張や遠慮が解けていった。

「こういったバーって私にとっては敷居が高くて入り辛いんです。だから居心地がよいこのお店は貴重です。でも如月さんは顔が広そうだからいろんなお店を知ってるんじゃないですか？」

「いや。どんなに刺激的な経験をしても結局落ち着くところに戻って来る」

「刺激的な経験？」

「あ、そこ気になった？」

つい聞き返してしまうと、颯斗がいたずらっぽく笑う。

「あの……」

気になるけれど、はっきりとは言い辛い。口ごもっていると、カウンターに置いてあった颯斗のスマホが振動した。

彼はすぐに画面をタップして確認したが通話はしなかった。メッセージなのだろうか。

（もしかしてさっきの彼女からなのかな）

盛り上がっていた気持ちがクールダウンする。久々に感じたときめきと楽しさに浮かれすぎていたかもしれない。

颯斗が返信をしたかは分からないが、すぐにスマホをスーツのポケットにしまい、咲良に目を向けた。やや気まずそうな表情だ。

(そろそろ帰らないと駄目なのかな?)

彼女から帰宅を急かされる連絡だったのかもしれない。

想像をめぐらしあれこれ考えてみたものの、颯斗に帰宅する素振りは見られない。

「あの、時間は大丈夫なんですか?」

もしかして咲良に遠慮しているのかと気になり聞いてみる。予想外に颯斗は平然と頷いた。

「もちろん。駒井さんは?」

「私は終電ギリギリは避けたいので、十一時過ぎにはここを出るつもりです」

もっと楽しみたい気持ちは大きいが、明日も仕事があるので羽目を外しすぎる訳にはいかない。

「それならまだ一時間以上あるな」

満足そうな颯斗に、咲良は首を傾げる。

「でも如月さんは帰った方がいいのでは? さきほどの彼女が待ってるんじゃないかで

すか？」

言った直後に、まるで探るような質問だと思った。けれど颯斗に気にした様子はない。

「彼女は同僚で、無事に帰ったと連絡があったから問題ない」

「同僚、ですか？」

それは意外だった。彼女が颯斗さんと呼びかけた様子に親しさを感じたし、ふたりはとてもお似合いに見えたから、てっきり恋人同士かそれに近い関係かと思った。

「そう。少し酔っているように見えたから、帰宅報告するように言っておいたんだ」

「そうなんですね」

彼女が颯斗の恋人でなかったからといって、状況に変化はない。そう分かっているものの、咲良の胸は高鳴った。

彼とつきあいたいとか、そんな期待をしている訳じゃない。ただこの時間がもう少し続くと思うとうれしくなったのだ。

「さっきの手際は見事だったな。トラブルに慣れているように感じたけど、仕事柄？」

先ほどのシーンを思い出しているのか、颯斗が興味深そうに問いかけて来る。

「はい、まさにそれです。上司がトラブルに遭ったときに秘書として対応する必要がありますから。自然とあれこれ対策するようになりました」

これまで対処してきた様々な出来事が思い出され、思わず小さなため息がでた。

その様子を見た颯斗がふっと笑った。

「随分苦労しているみたいだな」

「そう、なんですかね……」

会社では美貴にもなるべく愚痴を言わないように気を付けている。でもプライベートの今は少しは吐き出しても許されるような気がして、咲良は小さく頷いた。

「私が上司の考えを理解できていないのが悪いんですけど、毎日予想外のことが起きて右往左往しています。おかげでトラブルに対しては強くなりました」

(海外からの帰りの飛行機で自宅の鍵を失くされたときは、本当に大変だったな)

どこに連絡していいか分からず、手当たり次第に電話をかけた。おかげで次はスムーズに対処できそうだ。

「……でもトラブル対応が上手くなっても、秘書としてスキルアップしているとはいえないですよね」

秘書として求められるのは上司の代わりにレターを書く際の語学力やマナー知識、またはスケジュール管理力や他部署との折衝力ではないだろうか。

副社長が起こす問題の対処に当たってばかりいる現状では、成長出来ていないような気がして焦りを感じる。

思わず俯くと、颯斗が慰めるようにぽんと咲良の肩を叩いた。

「もっと自信を持った方がいい。秘書に必要なのは実務的なスキルばかりじゃないはずだ。駒井さんはトラブル対応をすることで、日々経験を積んでいるし視野が広くなっていると思う。大変な上司の下で頑張れるんだから、どこに行っても通用する」

「そ、そうだといいんですけど……」

思いがけない激励に気持が上向く。咲良は熱を持った頬を両手で押さえた。

「私は昔から表に出るのが苦手だったので、サポート役になることが多かったんです。一緒に目標に向けて頑張ったときに仲間と得られる達成感や、フォローした人から感謝されるのがうれしくて」

「性格も秘書に向いているじゃないか」

颯斗が優しい目をして言った。

「はい……そうですね。秘書の仕事は好きなんです。だから後ろ向きなことばかり言ってないで、いつか上司に認めて貰えるようにもっと頑張らなくちゃ」

「その調子だ」

「今日は仕事で落ち込むことが有ってここに来たんですけど、如月さんに励まして貰えてよかったです」

「何があったんだ?」

「……実は上司が急に仕事をキャンセルしていなくなってしまったんですけど、突然のことに驚いて引き止められなくて」

颯斗の顔から笑みが消えて、驚きに染まる。

「仕事を放って消えたのか?」

信じられないといった感情が籠ったその声に、咲良はこれが普通の反応だとほっとしながら頷く。

「はい。その後のフォローで一日が終わってしまいました」

「考えられない行動をするな。でも表だって問題が起きていないとしたら駒井さんのフォローのおかげだな」

「いえ、私なんてまだまだです。でも少しでも役に立てているのだとしたらよかった」

咲良は口元をほころばせた。

彼と話していると、本当に気持ちが明るくなる。

(如月さんの部下はいつもこうやって気分を上げて貰っているのかな)

おそらく颯斗は秘書がつくような立場にいるのだろう。会話の中で、上司と秘書の立場をどちらも容易く想像しているようだから。

何より彼からは人の上に立つもの独特の空気を感じる。

「如月さんのおかげで、元気になりました。これからも負けずに前向きに頑張りますね」

「いい心構えだ。さっきの俺の同僚に対する態度からも、君の優しく面倒見がいい人柄が伝わってきた。秘書に向いていると思うから自信をもって」

「ありがとうございます。如月さんみたいな人にそう言って貰えて凄くうれしいです」

笑顔でお礼を言うと、颯斗が楽しそうに目を細めた。

「俺みたいな人って？」

「あ……仕事ができて、頼りになって尊敬できる上司のイメージがあるので」

「ずいぶん高く評価してくれてるんだな、お世辞でもうれしいよ」

「本心ですよ」

初対面なのについ弱音を吐いてしまったのは、彼の話しやすさによるものだ。

一見親しみを感じるタイプではないのだけれど、落ち着きがある態度によるものだろうか。包容力を感じ彼になら本音を話してよかった。

勘は当たっていて、彼は咲良の悩みについて解決策を講釈したりせず、自然に受け止めてくれた。それもただうんうんと頷くだけでなく、前向きになるようにさり気なく軌道修正してくれている。

話している内に、咲良に足りないのは自信だと見抜いたのだろう。

容姿だけでなく人柄までよいなんて。

「でも実際俺は駒井さんの上司ではなくて、このバーで会ったただの男だよ」

颯斗が咲良を見つめながら言う。間違いを指摘するというより、反応を窺うような声音だと感じた。

「そ、そうですよね、上司じゃありません」

できる上司と言ったのは本心だけれど、ただそれだけではない。

咲良にとって彼は、意識せずにいられない異性だ。

ちらりとこちらを見るときの流し目。話を聞くときの真剣な横顔。ときどき見せる微笑みは男の色気に溢れている。

「上司じゃないなら何？」

「それは……」

「男だって意識してくれてた？」

ひそめた声で囁かれて咲良は、思わず頬を染めた。

「……はい」

「光栄だ」

颯斗は機嫌よく微笑み、グラスを傾ける。咲良も上がった体温を落ち着かせたくて、残っていたお酒を飲み干す。

ついさっきまで仕事の相談をしていたのに、なぜこんな話になったのだろう。ふたりの間の空気も微妙に変わった気がして、胸の騒めきが止まらない。

今こうしてふたりで過ごしているのが不思議なくらいだ。

(だって、本当に素敵な人だから)

どうしても気になってしまい、チラリと窺い見る。すると彼も咲良を見ていたようで視線が重なった。心臓がどくんと跳ねる。

「あ、あの……如月さんはどんなお仕事をされているんですか？」

動揺して思わず出て来てしまった言葉だが、言った傍から後悔した。

(さっきIT関連の仕事だと言ってたのに！)

話を聞いていなかったと気を悪くされたかもしれないと心配だったが、彼の表情はむしろ楽しそうに見える。

『キサラギワークス』という会社を経営している。仕事内容はビジネスアプリケーションの提供とコンサルティング業務だ。最近ではある企業に新たな流通システムを提案したりもした」

（あれ？　どこかで聞いたことがあるような……）

妙に聞き覚えがある話に感じて、咲良は戸惑う。

キサラギワークス、流通システム……はっとひとつの可能性が思い浮かび、咲良は目を見開いた。

「もしかして、『甘玉堂（かんぎょくどう）』の流通システムを？」

「ああ、駒井さんは食品業界だと言ってたな」

颯斗は一瞬意外そうな表情になったが、すぐに納得したように頷く。

「……はい。老舗の和菓子店で、最近業績を上げていると聞いてます」

聞いたことがあるどころではない。甘玉堂は金洞商会最大のライバル企業だ。

低迷している金洞商会とは対照的に、驚異的なスピードで売上を伸ばしたことで、金洞副社長が強く意識している。

（まさか如月さんの会社の力によるものだったなんて）

しかも会社を経営していると言っていた。

（ＣＥＯということだよね？　だからさっき名前を聞いたとき、聞き覚えがある気がしたんだ……）

彼の男らしさにときめき早鐘を打っていた心臓が、今は不安と緊張で脈打っている。

金洞副社長は業績好調な甘玉堂に嫉妬し敵対心を持っている。

業績改善において重要な役割を果たしたキサラギワークスに対しても、同じようなものなはず。

それなのに自分の秘書である咲良が、仲良く飲んでいたなんて知ったら、間違いなく激怒する。

考えるだけで怖ろしい。

「どうした？」

咲良の様子の変化に気付いたのか、颯斗が心配そうに見つめてくる。

「あ、何でもないです。少しぼんやりしてしまって」

「気分は悪くない？」

「はい、大丈夫です」

そう答えると、颯斗が安堵の表情になる。本当に心配していたように感じた。

（優しい人だな）

今日会ったばかりの咲良にも気を配ってくれる。

それに彼と過ごすこのひと時が心地よい。ときめいて緊張しているのに、会話が楽しく、微笑み合うと心が満たされた気分になる。

だから、関わらない方がいい立場の人だと気付いた今でも、先に席を立つ気になれない。

（颯斗さんともう少し一緒にいたい）

そんな想いに抗えない。だから自分から話題を繋いでしまう。

「コンサルはどんなことをされるんですか？」

「そうだな、販売や経理のアプリケーションを導入する際は、クライアントの経営状況を確認する。その過程で見つけた問題点について改善提案をするんだが……俺の仕事の話はそんなに面白くないよ」

颯斗が小さく笑う。

「いえ、そんなことないです！　大変そうなお仕事ですけど、お休みの日はちゃんと休めていますか？」

「いや、最近は休みの日も仕事ばかりかな……駒井さんはどういう風に過ごしてる？」

「私は、近くに買い物に行ったり、溜まった家事をするくらいで、先週は……」

咲良の暮らしは平凡で淡々としたものだ。それでも颯斗はしっかり耳を傾けてくれた。

「駒井さんはインドア派なのか」

「そういうわけではないんですけど、最近は遠出していませんね。実家にも一年以上帰っていませんから」

「元旦にも帰省しなかったのか？」

颯斗は少し驚いた様子だった。

「はい。少し体調を崩してしまって帰るのを止めたんです。実家は関東なのでいつでも帰省出来ると思うと、つい後回しになってしまって」

「たしかにそれはあるな」

「如月さんのご実家も近くなんですか？」

颯斗は「ああ」と頷いた。

「都内だ。両親と兄が暮らしてる」

「え、お兄さん？」

「そうだけど、意外そうな顔をしてるな」

「ええ。如月さんが弟ってイメージが湧きません」

この短い時間でも彼の寛容さと包容力が伝わってきた。そのせいか、弟や妹の面倒を見ている姿が浮かんだのだ。

「そうか？　昔は結構悪ガキだったんだけどな。駒井さんは……弟がいそうだな」

ほんの少しの時間悩んでから、颯斗が言った。咲良はにこりと微笑む。

「残念、はずれです。私も兄がいるんですよ」

颯斗が苦笑いになった。

「駒井さんこそ面倒見がいいから、弟か妹がいると思ったんだけどな」

「あ、でも兄のお世話はしょっちゅうしてたので、間違ってはないのかも」

颯斗のことを知るのは楽しかった。咲良はいつになく積極的に話題を出していた。けれど楽しい時間が過ぎるのは早い。あと十五分程で店を出ないと、電車に乗り遅れてしまう。

颯斗に帰ると告げて席を立たなくては。

バーの常連同士という接点があるとはいえ、今後偶然居合わせる可能性はかなり低い。絶対会えないとは言い切れないが、偶然に期待できる程ではない。

（残念だな……）

これきりにしたくない。でもその気持ちは口にできない。颯斗だって、バーで少し話が弾んだだけの相手に次の約束をせがまれたら困ってしまうだろう。

（それにキサラギワークスの人と交流があるなんて、副社長は絶対許してくれないよね）

名残惜しさを感じているせいか咲良は口数が少なくなっていた。

なぜか颯斗も黙り込みグラスを傾けながら前方を何とはなしに眺めている。

（……何を考えているのかな）

咲良のように寂しさや残念さを感じていることはないと思うけれど。

咲良はカクテルグラスに残っていたお酒を、一気に飲み干した。

何回かお代わりをしたせいか、アルコールが体に回っている。それなのに頭の片隅はまだ冷えていて、颯斗の動向の細部にまで気を配っている。

しばらくの沈黙のあと、颯斗がゆっくり咲良に視線を向けた。

その表情は先ほどまでのような親しみのあるものではなくどこか緊張をはらんだものだ。彼に釣られるように咲良も息苦しさを伴う緊張感を覚える。

それは警戒心から来るものではない。

もしかしたら咲良が心の奥で望んでいる言葉を、彼が口にしてくれるかもしれない。そんな予感がするからだ。

会社のことも自分の立場についても、今は考えられない。

咲良が見つめる中、颯斗がゆっくり口を開く。

「駒井さん、俺が今何を考えていたか分かる？」

勿体ぶった言い方かもしれないが、咲良はそう感じなかった。

「いえ……でも私と同じことを考えてくれていたらいいなとは思ってました……」

これで颯斗なら咲良がこのまま別れるのを惜しんでいる気持ちを察するだろう。アルコールが普段より回っているからか、自分でも驚くくらい積極的な発言だ。

普段の咲良なら絶対に言えない言葉。でも大胆になりたくなる程の魅力が颯斗にはあって、それは本来の咲良が持っている羞恥心をはぎ取る程だった。

颯斗が満足そうに目を細める。

「このまま別れるのは惜しい、なんて未練がましいことを考えてた……今夜、君と一緒に過ごしたい」

「……私もです」

答える声が震えてしまったけれど、迷いはなかった。

一夜で終わる関係だとしても、彼と離れたくないと強く思う。

ドクンドクンと鼓動が跳ねる。体中に熱が回り現実感が薄れていく。

「出ようか」

颯斗の言葉に咲良は頷き席を立つ。

舞い上がっているからか、現実感があまりない。

颯斗に促されて霽月を出た。

暦上は春とはいえ、四月の夜の風は冷たい。けれど寒さを感じないくらい全ての感覚が颯斗に向かっていた。

颯斗は通りに出るとタクシーを停めた。

乗り込むときにふらついてしまった咲良を、彼は力強い腕で支えてくれた。

「大丈夫？」

「は、はい」

腰に回った腕を意識してしまい、顔に熱が集まる。

咲良を見下ろす長身も、広い背中も、何もかもが彼の男性を感じさせるものだ。

後部座席に並んで座ると、颯斗の大きな手が咲良の手を包み込んだ。

咲良の心臓がドクンと大きく跳ねる。

繋いだ手から、動揺が伝わってしまいそうだ。

恥ずかしくて彼の顔を見ることができなかった。

それほど時間をかけずに辿り着いたのは、最近開業したばかりのラグジュアリーホテルだった。

颯斗がチェックインをしたのち、彼のエスコートで上階の部屋に向かう。

銀座の街並みを見下ろす部屋は和テイストを取り入れた洋室で、設備と広さから、おそらくスイートルームだ。

予定外の宿泊で躊躇いなくスイートルームを取れるのは、彼が新進気鋭のＣＥＯだからだろう。

改めて彼を見ると、身に着けているものも上質だし、立ち振る舞いに気品がにじみ出ている。咲良とは違う世界の人なのだ。

けれど今は、彼と自分の違いは気にならなかった。

これから起きる出来事のことで頭がいっぱいで、他は何も考えられない。

夜景を見るふりをしながら心を落ち着かせていたそのとき、颯斗が背後から抱きしめてきた。

「あ……」

磨き抜かれた窓ガラスに映っているから、彼の接近には気付いていた。それなのに力強い腕に包まれ、固く逞しい胸に引き寄せられると、心臓が激しく高鳴り頭の中が真っ白になる。

覚悟をしてここまで来たのに、いざことが始まると体が固まってしまい動けなくなった。

「緊張してる？」

「……少しだけ」

本当は颯斗に心音が届くのではないかというくらい、不安と期待で動揺している。

「すぐに何も考えられなくなる」

颯斗が咲良の体を軽々と抱き上げる。

あっ、と思った時には彼はリビング隣の寝室に足を向けており、咲良が言葉を発するより前にベッドに組み敷かれていた。

薄暗い部屋でも颯斗の表情がよく見える。ということは咲良の顔も見られているということ。

きっと緊張で酷い顔をしているだろう。それなのに颯斗はまるで大切なものを見つけたように幸せそうに微笑んだ。

平凡な咲良の日常に訪れる訳がないと思っていた特別なひととき。

「どうしても今夜、君を手に入れたいと思った」

彼の言葉を心から信じた訳じゃない。ムードを盛り上げるリップサービスだろうと僅かに残る理性が訴えている。

ただそれでもいい。今は何も考えずにこの至福の時間に浸っていたい。

たとえ、たった一度の逢瀬になるのだとしても。

ベッドが軋む音と同時に唇を塞がれる。

「んっ……」

様子を窺う余裕なんてないとでも言いた気な初めから激しいキスで、すぐに唇を押し開かれる。

舌を絡め取られるとぞくぞくとした刺激が背筋を駆けあがり、咲良は反射的に颯斗の身体を抱きしめた。

咲良の動きが呼び水になったのか、颯斗の行動が大胆になっていく。

口内を蹂躙されるのと同時に服を取り払われ、気付けば素肌をさらけ出していた。

颯斗の手と唇が、咲良の身体の隅々まで触れ熱を高めていく。

彼に貫かれるとき、咲良は自分の体を制御できない程、溶かされていた。

「あっ、んっ！」

抑えられずに上げる声が、颯斗をますます昂らせるのか、行為に終わりが見えてこない。

咲良はただ快感だけを享受していた。

自分はセックスに淡泊な方かと思っていたが、颯斗によってただの思い込みだったのだと思い知らされた。

溺れてしまいもう戻れない。散々抱かれて眠りに落ちるとき、そんな風に思ったのだった。


夢のような一夜が終わり、迎えた朝。

目を覚ました咲良は、いつもと違う天井に一瞬戸惑ったものの、すぐに状況を思い出して周囲に視線を走らせた。

時刻は午前五時。

颯斗の姿は見当たらない。隣で寝ていたはずだけれどシーツに温もりは感じない。

「起きてリビングに行ったのかな……」

彼について考えると昨夜の自分の痴態が蘇り、うわあと叫び両手で顔を覆いたくなった。

散々盛り上がった行為の最中、咲良はもっと何度も強請（ねだ）ったし、彼の求めに積極的に応じた。

（あんなに大胆なことをしてしまうなんて……）

素直になるのはいいことだが、あけすけにいろいろ言いすぎた。

媚薬に冒されたような蜜夜に浸かっているときは当たり前と感じたことが、爽やかな朝陽の中ではこれでもかというくらいに恥ずかしい。

多分一夜の関係は、夜の内に別れるのが正しいのだろう。

（だってどんな顔して如月さんの前に出ればいいの？）

自然に接する自信がない。絶対に意識しすぎて失敗する。

とはいえ、いつまでもじっとしている訳にもいかず、ベッドから出てソファに放ってあった大き目のバスローブを羽織る。

（服はどこに置いたんだっけ）

颯斗と抱き合い、途中でシャワーを浴びに行ったときは、既に何も身に着けていなかった。その辺に脱ぎ捨ててしまったのだろう。

つくづく昨夜の自分は勢いだけで突き進んでいた。

咲良は静かに扉の前に立ち、緊張しながらゆっくり扉を開いた。

続きのリビングルームに颯斗がいると思っていたのだ。

ところが部屋の中に人の気配は感じられなかった。
中央の大きなソファにも、窓際のダイニングテーブルにも彼の姿はない。
「……如月さん？」
バスルームやバルコニーも確認したが、颯斗はどこにもいない。
「そっか……先に帰ったんだ」
咲良はようやく気付くと、ソファにどさりと座り込んだ。
顔を会わせたらどんな顔をすればいいんだろう。そんな心配は必要なくなった。
彼はもういないのだから。
一夜の関係に相応しい、想像していた以上に呆気ない別れ。
本当に昨夜の出来事は夢だったのかと思うくらいだ。
「変に気まずくならなくてよかったかも」
大人の彼はこういう時の別れ方を心得ているのだ。さすがだと思う。
（でも……）
咲良はがくりと項垂れた。
昨夜の情熱的だった彼との落差があまりに激しくて、心がついていかない。
胸がずきりと痛み、全身を巡っていくようだ。

(分かっていたけど、悲しいな……)

一度だけの関係だと覚悟していたはずなのに、颯斗が咲良に触れる手も唇もとても優しかったから期待してしまったのだ。

もしかしたら、先があるのかもしれないと。

けれどそれは都合がよい幻想だった。

(元々違う世界の人だったんだから)

特別な夜は思い出にして、日常に戻るしかない。できるなら、直接別れの挨拶をしたかったけれど。

(でも仕方ないよね)

全て自分が決めたことなのだ。

いつまでも凹んでいる場合じゃないと、咲良はソファから立ち上がる。

急いで帰り支度をしなくては。

咲良の自宅は山手線の田端駅から徒歩十五分程のマンションで、それ程遠くはないが、始業が九時だから結構ギリギリだ。

ホテルのロビーには、爽やかな朝の光が差し込んでいた。昨夜来たときとは、まるで違う光景だ。宿泊費の清算などは、颯斗によって全て済んでいた。

（最後までスマートな人だったな）

咲良はこみあげる切なさを感じながら、ひとりでホテルを出た。


金洞商会の本社ビルは、新橋駅から徒歩五分の好立地に建つ。

一九七七年施工。その後耐震工事などを経ているものの、内装も設備も昭和の雰囲気が溢れている。

咲良が所属する秘書室は、役員室がある最上階フロアだ。

のろのろしたエレベーターで七階まで昇り、秘書室のドアを開いたのは午前八時二十分だった。

始業は九時だが、ひと息つく間もなくパソコンを立ち上げ、副社長のスケジュールの最終確認をする。

夕方に訪問予定の取引先から急遽キャンセルの連絡メールが入っていたため日程の再調整をし、空いた時間には営業部長との打ち合わせを入れる。

関係部署宛のメールを作成していると、美貴が声をかけてきた。

「咲良ちゃんおはよう。昨日は大丈夫だった？　かなり遅くまで残ってたの？」

昨日の副社長が起こしたトラブルは、当然美貴も知っている。

「いえ八時前には終わりました。関係部署の皆さんが柔軟に対応してくれて、とても助けられました」

「よかった。それにしても副社長の行動は目に余るわね。どうしてあんなに危機感がないのかしら。社長はいつもピリピリしているって言うのに」

声をひそめる美貴に、咲良もこっそり問い返す。

「経営状態ってそんなにまずいんですか？」

美貴は憂鬱そうに頷いた。

「私たちが思っている以上に酷いみたい。ライバル会社の甘玉堂はぐんぐん売上を伸ばして業績好転しているのにね」

顔をしかめながらの美貴の言葉にどきりとした。

「咲良ちゃん、どうかした？」

「いえ……甘玉堂って私が営業部にいた頃はぱっとしなかったんですよね。売上実績もうちとは大分差がついていましたし」

甘玉堂が過去の勢いを取り戻したのは彼らが注文から納品までの流通管理システムを一新したのがきっかけと言われているが、その効果は金洞商会が想定していたよりも遥かに絶大だった。

当然だが業務の合理化が進むことで、経費が削減し利益率が上がる。

ただ、ヒット作が次々に出るのはそれだけでは説明がつかない。

甘玉堂は新製品だけでなく、リバイバル商品までもがＳＮＳで評判になり子供たちの関心を引いていると報告が上がっていることから、宣伝方法も何か新たな試みをしているのかもしれない、というのが金洞商会の認識だ。

その影の功労者が颯斗だというのを知ったのは昨夜のこと。

まだ鮮明に残る別れの悲しさに咲良の胸はずきりと痛む。

「今となっては立場は逆転。見事だけど、私たちとしては憎らしい相手よね」

「そ、そうですね」

美貴の言葉は甘玉堂だけでなく、颯斗の会社に対するものでもある。

（昨夜のことは誰にも言えない。秘密にして早く忘れないと）

「このままだと金洞商会は淘汰されてしまいそうよ。社長も頭を悩ませている。だからこそ副社長にはもっと気を引き締めて貰いたいのに」

「本当に……」

咲良は心から同意して相槌を打つ。

会社で発言力を持つ役員が自分勝手な行動をしていては、一般社員のモチベーションが下がりそうだ。

本当にこのままでは、倒産してしまうのではないか。そんな不安をひしひしと感じるのだ。

「心配ですね。副社長が社長の苦悩に気付いて、もっと危機感を持ってくれたらいいんですけど」

「そうね……あっ、そろそろ社長が出社する時間だから行くわ。今日、お昼一緒に行きましょう。続きはそのときに」

「はい、ありがとうございます」

美貴が社長室に向かうと、咲良は再びパソコンに向かった。

仕事にとりかかる前に、どうしても気になってキサラギワークスについて検索した。表示されたホームページの会社情報には、代表取締役社長ＣＥＯとして、颯斗の写真が掲載されていた。

写真の彼は清潔感のある紺のスーツを身にまとい、昨夜のような怪しげな色香は感じられない。

けれど相変わらず完璧に整った顔に、控え目に浮かべた笑みは、謙虚さと自信のどちらも感じられ、彼が有能なリーダーなのだという印象を与えるものだった。

「四年前にスタートアップ制度を利用して起業。業務内容はビジネスアプリケーションの提供とコンサルティング業務……たった四年で利益率が三百パーセントもアップしてる」

スタートアップ制度というのは、国が新しく立ち上げる企業に支援をする制度だ。ただ誰でも簡単に支援を受けられる訳ではなく、事業計画が正当であるか、またこれからの時代に即した新しい試みであるか、利益が見込めるか。代表者の信用状態はどうかなど、綿密な調査がされ厳しい基準に合格する必要がある。

颯斗はいずれのテーマも合格点を取ったということだ。

その後は怖ろしい程順調だ。ホームページのニュースの欄には、スタートアップ企業売上ランキング一位達成と記載されている。

掲載されているキャッシュフロー計算書をざっと見たが、この調子では借入金の返済などもなんの問題もないだろう。

健全な企業経営に加え、誰もがうらやむような将来性。

（本当に凄い人）

自分との違いをますます実感する。

同時に美貴との会話中に感じた不安感が蘇ってきた。

（もし昨夜のことが、会社の人に知られたらどうしよう……）

ふたりでいるところを知りあいに見られてはいないと思うが、絶対ではない。

もしも颯斗と一晩とはいえ特別な関係になったという噂が副社長にまで届くようなことがあったらただでは済まない。

副社長は早とちりをして大騒ぎするところがある人だ。

もし今回の件が知られたら、咲良が事情説明をする間もなく、企業情報を流したくらい言い出して、スパイ扱いされかねない。

そんなことになったら、仕事を続ける自信がないし、解雇を言い渡される可能性だってある。

（だめだ……絶対にばれないようにしなくちゃ）

咲良は決意を新たに気を引き締める。

油断したときに失言しないように、昨夜の出来事はなかったことにして、胸の奥に厳重に仕舞いこもう。

濃密な夜に彼が与えてくれたときめきと快感は、当分忘れられそうにないけれど。

咲良は間違いなく彼に恋していた。一日で惹かれて、瞬く間に夢中になった。

（でも敏腕経営者が、どこにでもいる秘書の私に本気になる訳ないもの）

もし金洞商会と何の関係もなかったとしても、初めから先はない関係だった。

一夜限りの関係だからこそ成立した。

深みに嵌る前に気付けてよかったのだ。

（いつまでも夢を見てたら駄目だよね）

まだ胸が痛いけれど、それは今だけのもの。

きっと数日したら現実の忙しさに紛れて、忘れているだろうから。

二章　再会

咲良が一夜の恋と失恋を経験したあの夜から、二カ月が過ぎた。

春から初夏に季節は移り変わり、金洞商会秘書室は、月末に迫った株主総会の準備で慌ただしい。

毎年変わらない忙しない時期だが、咲良にとっては辛く苦しい時間でもあった。

失恋して初めの一週間は颯斗と過ごした夢のようなひと時を頻繁に思い出してばかりいた。

連絡先の交換をしていないのに、何らかの手段で咲良の情報を調べた彼から電話がかかってくるかもしれない。そんなバカみたいな期待をしたり、忘れるという決意とは真逆な行動ばかりしていたのだ。

さすがに十日もすると我に返り、余計な期待をするのをきっぱり止めた。

とはいえ、まったくなかったことにできる程割り切るのは難しく、出会いの場である霽月に立ち寄ることができなかった。

もしまたそこで居合わせたら、今度こそ彼を忘れられなくなりそうだったから。

それでも最近はようやく平常心を取り戻せたと感じている。

昨夜は久々に霽月に顔を出した。

快く迎えてくれたマスターには仕事が忙しかったと説明し、また通うと言うと喜んで貰えた。

偶然颯斗がやって来るなんてことはなかったし、マスターも彼の話題を口にしなかった。

美味しいお酒と料理で以前と変わらない穏やかな時間を過ごし、リフレッシュして家路についた。

そしてこれからも仕事中心の変わらない日が続くのだと確信したのだった。

ところがその翌日。いつも通りの時間に出社した咲良は、人事部長に応接室に呼ばれ想像もしなかった言葉を告げられた。

「社外秘データが入ったUSBメモリーが紛失した。現在調査中だが駒井さんが持ち出した疑いがかかっている」

一瞬何を言われたのか分からなかった。

「え……待ってください。違います。私はデータを持ち出したことなんて一度もありません」

咲良が入社した頃から、仕事を持ち帰ることは禁止されている。もちろんそのルールは守ってきた。

そもそもなぜ咲良に疑いがかかっているのだろうか。

動揺する咲良に人事部長は同情めいた視線を送る。

「我々も駒井さんが規則を破るとは思っていないんだ。ただ金洞副社長が証言しているんだ」

「副社長が？」

咲良は驚きのあまり目を見開いた。

（……どうしてそんなことを？）

以前から暴言や失言は多かったが、人を陥れるようなことまで言う人ではなかった。

本気で咲良が犯人だと、思い込むような何かがあったのだろうか。

「あの、直接副社長と話をさせていただけないでしょうか？　なぜ私が情報を持ち出したと判断したのか確認させてください」

「それは構わないが」

人事部長が戸惑いながらも頷こうとしたそのとき、応接室の扉が開いた。

「金洞副社長」

険しい表情の金洞副社長の登場に、室内の緊張感が増す。

彼は咲良をぎろりと睨むと、荒い足音を立てて近づき見下ろしてきた。

「駒井君、言い訳は見苦しいぞ！」

副社長は常に横柄な態度だが、今朝はいつにも増して攻撃的だ。

咲良に対して激しい怒りを抱いているのが伝わって来る。

「副社長、情報漏洩の件でしたら誤解です。説明させてください。私はＵＳＢメモリーを不正使用したことは……」

焦りを感じながらも必死に言い募る。けれど最後まで言わせて貰えず、副社長の怒鳴り声で遮られる。

「うるさい！　私はこの目で見たんだ！　一昨日駒井君が顧客情報をＵＳＢに移して、昨日持ち出したのを！」

顔を真っ赤にして怒鳴る副社長の姿に、咲良ははっとした。

副社長がヒステリックになるのは、たいてい自分の失敗を認めたくないときだ。

（まさか……）

咲良は血の気が引くのを感じた。

（情報を持ち出したのは副社長自身。それを私のせいにして責任逃れをしようとしているの？）

膝の上に置いた手が震えた。

浮かんだ疑惑は間違いないと感じる。

（だって本人じゃなければ、情報をいつ持ち出したなんて分かる訳がない）

咲良は正面の椅子に座る人事部長に目を向けた。無表情だが咲良と目を合わせようとしない。

おそらく彼も咲良と同じことに気付いているのだ。けれど相手が副社長のため口にできない。

金洞商会は昔ながらの世襲制だ。

副社長は創業者の直系で、血筋だけなら傍系の社長よりも上ということもあり、社内で絶大な権力を握っている。

咲良のような一般社員はもちろん、部長程度でも副社長に太刀打ちできない。

だからと言って、濡れ衣を着せられているのに、黙ってはいられない。

「私のパソコンを調べてＵＳＢの接続履歴を確認してください」

履歴は人と違って副社長に忖度しないから、無実を証明してくれるはずだ。

しかし咲良の言葉に副社長があからさまな反応を見せた。

「履歴だと？　そんなことできるはずないだろう！」

「システム担当者なら可能だと思います」

副社長はショックを受けたように、唇を噛み締める。咲良を憎々し気に睨むと、踵を返し応接室を出て行った。

バタンとドアが閉まると、室内は気まずい空気に満たされる。

「駒井君、正直に言うと私は君が犯人だと信じてはいない」

「はい。本当に私ではないんです。どうか平等に調査をしてください」

「もちろん調査は続ける。しかし副社長の証言がある以上、ＵＳＢの接続履歴が無いと証明されても、現状は維持できない」

「どういう意味でしょうか？」

「……金洞副社長が駒井君を情報漏洩の罪で解雇すると言っている」

咲良はひゅっと息を呑んだ。

「解雇？　そんな……」

「もちろん私は証拠もないのに社員を処罰するのは許されないと反対している。だが、駒井君自身はどうだ？　この先、これまでと同じような気持ちでこの会社で働いていけるか？」

「それは……」

咲良は何かを訴えるような人事部長の眼差しから目を逸らして俯いた。

彼は咲良に同情しているけれど、退職した方がいいと考えているのだ。

(そうだよね……こんなこと普通ならあり得ないもの)

きっと咲良が犯人だという証拠は出て来ない。副社長には咲良のパソコンに偽の履歴を細工して犯人に仕立てるスキルなんてないからだ。

それでもこの先、咲良への疑いは晴れないだろう。

あまり時間をかけず社内に噂が回り、疑惑の目を向けられるかもしれない。

中には真実に気付いてくれる人もいるだろうが、副社長の前で声を上げるのは無理だ。

(私の味方をしてくれる人はいない)

孤立して辛い思いを耐えてまで、金洞商会で働きたいかと聞かれたら頷けない。

それでも会社を辞めるのは、咲良にとって簡単に決断できることではない。

「……少し考えさせてください」

人事部長にそう答えるので精一杯だった。

その後秘書室に戻るとすぐに室長に呼びだされ、副社長付きを外すと告げられた。

副社長には当面室長が付き、咲良は他の秘書のフォローをするように指示された。

美貴が心配そうに見ていることに気付いたけれど、誰かと話をする気になれない。

室長に指示された仕事を淡々とこなし、定時になるとすぐにオフィスを出た。

早く帰宅して、今後の身の振り方についてゆっくり考えを纏めたい。

部屋に帰り鍵を閉める。小さなソファにどさりと崩れ落ちると、強い感情がこみ上げてきた。

悔しくて悲しい。自分は間違ったことをしていないのに、居場所を奪われる理不尽さに、気持ちが収まらない。

精一杯働いてきたつもりだけれど、副社長にもその気持ちは届いていなかった。だから簡単に切り捨てられた。

ジワリと涙が滲み、咲良は両手で顔を覆った。

（私は会社で必要とされてない……もう辞めちゃおうかな）

悔しいけれど、抵抗するほど自分が辛くなるだけだ。

それに、もし疑いが晴れたとしても、もう自分の居場所だとは思えない。それくらい今回の件は傷ついた。

とはいえ、現実的に転職すると考えると不安になる。

家賃などの固定出費があるから、じっくり転職活動をする余裕がないし、利息が勿体ないと奨学金の一括返済をしたところで貯金が減っているのも痛い。

（こんなとき帰ることができる実家があったらよかったんだけど）

咲良の生家は東京から電車で二時間程の千葉の外れにある。

都心に通勤できないことはないが、実家には先日結婚したばかりの兄夫婦が同居しているため、咲良が帰ったら迷惑をかけてしまう。

両親は父が転職を繰り返す人で老後の蓄えに不安があるくらいなので、経済的に助けて貰うのも無理だ。

誰かを当てにせず、自分でなんとかするしかない。

（よし、落ち込んでないで頑張らなくちゃ）

なんとか気持ちを切り替えて体を起こし、ノートパソコンを開く。

転職ばかりで家族に散々心配をかけた父に不満を持っていた反動か、自分は就職したら絶対に一つの会社で真面目に働き通すと決めていた。

だから転職に関する知識はほとんどないため、一から知識を得なくてはならない。

それから数日。

情報流出事件については調査が続いているが、決定的な証拠は出て来ないままだ。

ただ副社長の態度は変わらないので、殆どの人が咲良と関わるのを避けるようになっていた。

一部の気遣ってくれる人たちに支えられながら、居心地の悪い会社に通い、情報収集を続けた。ネットで様々な体験談なども読み、再就職までの手当なども確認をした。

転職経験がある友人にも電話をして話を聞いた。

（なんとかなりそうな気がする）

世の中には金洞商会よりもいい会社がきっとある。

やる気を持って働ける会社を自分から選んでいこう。

咲良は段々と前向きな気持ちを取り戻し、転職を決意したのだった。

月曜日。咲良は上司に退職の意志を伝えた。

もちろん引き留められることはなく、退職願いは受領された。

特殊な事情を考慮し、引継ぎは最低限で済ませ、六月末日に退職するまで有給休暇を消化してもいいことになった。

この数日間苦しかったけれど、ひとつの区切りがついた気がする。

ほっとしていると、美貴にランチに誘われた。

会社の人と会わないようにと、美貴が気を遣って選んでくれた店は、昔ながらの喫茶店で咲良は初めて訪れる店だ。

落ち着いた雰囲気で込み入った話がしやすいと感じる。注文を済ませると美貴が心配そうな表情で切り出した。

「咲良ちゃん、辞めるって本当なの？」

「はい。悩んだんですけど、退職して新しい気持ちで頑張ろうと決めました」

「……納得できないな。ルール違反をしてＵＳＢを紛失したのは絶対に咲良ちゃんじゃないのに。尽くしてきた社員を疑うなんてうちの会社はどうかしてる」

美貴は今回の経緯を知っていて、自分のことのように憤慨してくれている。

副社長に直接抗議に行くとまで言ってくれた。

そんなことをしたら美貴まで立場が悪くなるのが目に見えるので、必死に止めたのだけれど。

「そう言って貰えて少し気が楽になりました」

「だって咲良ちゃんを見てたら、あり得ないことだって分かるもの……ねえ、本当に何もしなくていいの？　会社を訴えることもできるはずよ？」

「いいんです。そこまでして会社に残っても、居心地がいいわけないですから」

「そう……何も力になれなくて本当にごめんなさい」

「謝らないでください。美貴さんは何も悪くないんですから」

頭を下げる美貴を、咲良は慌ててとめる。

「でも」

「私なら大丈夫です。心の整理もついていて、今日会社を辞めるって言ったらすっきりしたくらいです」

この悔しさはきっとこの先も忘れられないだろうが、今はとにかく前向きな気持ちで進んでいきたい。

「副社長とはもう話し合いはしないの？」

「はい。退職については室長から報告してくれるそうです」

きっと今頃喜んでいるだろう。彼にとって咲良は今一番邪魔な存在だろうから。

「辞めた後はどうするか、決めているの？」

「秘書の仕事を続けるつもりです。私は誰かのフォロー役が合っているし、好きなので。ただ具体的には何も決まってなくて。最悪の場合失業保険を貰いながら就職活動をすることになるかもしれないです」

「そう……」

美貴はまだ納得ができないようで、顔を曇らせる。

けれど注文していた日替わりランチが届いたため、深刻な会話は一旦中断になった。

食事を終えると美貴が温かい紅茶のカップを両手で包むようにしながら、寂しそうな表情を浮かべた。

「咲良ちゃんがいなくなると寂しくなるわ。こうして食事をすることもなくなっちゃうのね」

心から名残惜しがっている様子の美貴に、咲良は金洞商会に見切りを付けてから初めて寂しさを感じた。

「私も美貴さんと離れるのは残念です。多くのことを教えて貰って、いつも頼りにしていました」

「私も。本音で話せるのは咲良ちゃんだけだった。副社長担当になっても嘆いてばかりいないで頑張る姿を尊敬していた。仕事を辞めてもときどきは会いましょうね」

「美貴さん……はい、是非」

金洞商会に入社してからたくさんの出来事があった。その大半は、金洞副社長が起こしたトラブルと向き合ってきた思い出だ。結局最後は対応しきれないようなトラブルで終わってしまったけれど。

でも美貴と出会えたことは本当によかったと思う。

咲良は、自分の退職を唯一悲しんでくれた先輩に、心から感謝を感じていた。

六月下旬から有休消化に入った咲良は、転職活動を開始した。

しかし、予想していたよりも苦戦していた。

役員秘書の求人は数が少ない割に志望者が多く、なかなか競合に勝ち抜けない。

更に悪いことに、副社長が咲良の悪口を付き合いのある経営者に漏らしているらしい。美貴が教えてくれた情報に初めはまさかと思ったが、実際副社長と関わりがあった会社の求人は、エントリーをしても書類選考で撥ねられる。

副社長の言葉を信じたのかは分からないが、面倒事に巻き込まれないように、避けられているのかもしれない。咲良は絶望的な気持ちになった。

（このまま仕事が決まらなかったらどうしよう……副社長はそこまでして私に消えて欲しいのかな）

気分が沈みひとりでいるのが辛くて、久し振りに霽月に向かった。

今夜は何も考えず美味しいお酒を飲んで嫌なことを忘れてしまいたい気分だ。

そうしなければ、この塞いだ気持ちを立て直せない。

霽月のドアを開くと「いらっしゃいませ」とマスターが迎えてくれた。

「駒井さん、お疲れのようですね」

柔和な笑顔のマスターにほっとした気分になりながら、お気に入りのカウンターの左端を示され席に着く。

「最近はいろいろ忙しくて。でも今日はゆっくりしていきますね。ええと、ペリーニをお願いします」

以前、颯斗が咲良のために頼んでくれたカクテルだ。

彼との出来事はもう心に仕舞いこんだけれど、あちらこちらに名残がある。

カウンターに、淡い桃色のカクテルがそっと置かれた。

「今日はよいカツオが入ったんですよ」

「本当ですか？　それじゃあカツオのおつまみをいくつかお願いします」

元料理人のマスターのおつまみは外れがないから、勧められると必ず頼んでいる。

料理を待っている間ゆっくりとペリーニを味わい、ほっと一息ついた。

そのとき、隣の椅子に誰かが座る気配を感じた。

他にも席が空いているのにわざわざ隣に座るということは、咲良に声をかけようとしている可能性が高い。常連同士で盛り上がるのは珍しいことではないけれど、今日はひとりでまったり過ごしたいため少し困りながら隣に目を向けた。

「……えっ？」

咲良は驚きのあまり目を丸くした。

「久し振り」

そこにいたのは、端整な顔に微笑を浮かべた颯斗だったから。

（な、なんで彼が？　いや、常連だって言ってたしいてもおかしくないんだけど）

ただ、同じ日、時間に居合わせる確率はかなり低い。実際もう一度彼に会いたいと偶然を期待していたときは、一度も見かけなかった。

それなのに意識しなくなった途端にこんなに簡単に再会してしまうなんて。

咲良にとっては不意打で動揺を隠せない。きっと間抜けな顔になっているだろう。

その証拠に、颯斗は咲良の表情を見てくすりと笑った。

「ごめん、驚かせたみたいだな」

「あ……は、はい。ぼんやりしていたのもあって」

なんとか冷静さを取り戻し、こほんと咳払いをして誤魔化した。

颯斗は当たり前のように咲良の隣に座る。

（声をかけただけじゃなくて、ここにいるのかな？　……少し気まずい）

咲良は速まっていく胸の鼓動を鎮めようと、思わずグラスを口に運んだ

彼はまったく意識していないようで、動揺は微塵も見えないけれど。

(普段から、一度きりの関係を持ったりしてるのかな)

軽薄なタイプには見えないが、慣れていたのは間違いないし、誘いも多そうだ。

いつの間にオーダーしていたのか、颯斗の前にグラスが置かれる。彼はそれを手に取ると、咲良に魅惑的な微笑みを向けた。

「あれから元気にしてた？」

「え、ええ……如月さんは？」

気の利いた言葉どころか、ただの質問返しになってしまった。

「俺は、ずっと君にもう一度会いたいと思ってた」

「えっ？」

驚く咲良に、颯斗は少しだけ顔を近づけてきた。

「今夜、ようやくこうして再会できてよかった」

表情も声も、醸し出す雰囲気もなにもかもが男の色気に溢れていて、いちいち魅力的だ。平静を装うのに苦労する。

けれど彼の言葉を本気にした訳じゃない。ただのリップサービスなことくらい分

かってる。

颯斗は相変わらず魅力的な眼差しで咲良を見つめながら、ガラリと話題を変えてきた。

「駒井さんは、金洞商会の副社長秘書だったんだな」

「どうしてそれを？」

「不快に思われるかもしれないが、君のことを調べたんだ」

「調べた？」

咲良は動揺して目を瞬く。彼が咲良を調べる理由がまるで分からない。

「さっきも言ったが君にもう一度会いたかったからだ。君の連絡先を知らないから、調べるしかなかったんだ」

「会いたかったって、どうしてですか？」

「駒井さんに改まって話したいことがある」

咲良は戸惑いながら、手にしていたグラスをカウンターに置いた。

「私に？」

彼が咲良に改まって伝えることなどあるのだろうか。考えても何も思いつかない。

なぜなら咲良は颯斗のことをほとんど何も知らないからだ。

「込み入った話になるから、席を変えてもいいか?」

颯斗の視線が店の奥のボックス席に向けられる。マスターの視界から遠くなり、他の客との距離も空く。ふたりの世界に閉じ込められた感覚に陥りそうだ。

僅かに躊躇ったものの咲良は頷き、颯斗と共に移動する。

颯斗はレディーファーストが身についているのか、自然な振舞いで咲良を先に座らせ、自分もその隣に腰を下ろす。

思ったよりも彼との距離が近い。

決して嫌な感じではない緊張感が漂う。そんな空気感には気付かないふりをして咲良はソファの背もたれに寄りかかった。

「私、ボックス席って初めてです。このソファ思ったよりもフワフワですね」

やけに明るい声になったのは、緊張を誤魔化すため。

「そういえば、俺も初めてだな。ここには大抵ひとりで来るからカウンター専門だ」

「先日は女性と一緒でしたよね?」

「同僚だって言っただろ?　仕事の帰りに流れで飲んでただけだ」

ついプライベートな質問をしてしまったと気まずくなった。

会話が途絶え沈黙になる。間を持たせるために届いたドリンクを口に運んだ。

「あの、それで話というのは？」

「ああ、前置き無しに言う。俺と結婚してくれないか？」

「……え？」

咲良は思わずポカンと口を開いてしまった。

（えっ、如月さんと私が結婚？　……いやまさか、ありえないよね？）

だって一体どうしたらそんな話になるというのか。訳が分からなくて咲良は眉を顰める。

驚く咲良を、颯斗が澄んだ瞳でまっすぐ見つめる。

「驚いたと思うが、嘘でも冗談でもない」

「でも……」

彼の表情は真剣なものの、未だに揶揄われているかと疑う気持ちが拭いきれない。

なぜなら再会した颯斗はあのときと少しも変わらず輝いていて、自分とでは釣り合いが取れないと感じるからだ。

「事情があって急ぎ結婚する必要があるんだ。そんなときに駒井さんと出会い、結婚相手は君しか考えられなくなった」

「私しか考えられないって……」

そんな話はとてもじゃないが信じられない。けれど颯斗の表情は真剣そのものだ。

ビジネスで信用を得るために、既婚者という立場が必要なのだろうか。

「なにか事情があるというのは分かりましたけど、如月さんにはもっと相応しい人がいるんじゃないですか？」

初対面のときに連れていた女性でもいい。同僚と言っていたが、親しそうな雰囲気だったし、傍から見たら咲良よりも余程お似合いだと思う。

「私とあなたは住む世界が違います」

「そんなことはない」

彼はすぐに否定したが、新進気鋭のＣＥＯともうすぐ無職になる元中小企業秘書じゃ、どう考えても釣り合わないのに。

それに、彼はあの日、咲良にひと言も声をかけずにホテルを出た。一度だけの関係と考えていたからだろう。

（もし私のことを少しでも想ってくれていたら、あんな態度は取らないはずだもの）

思い出すと当時の悲しさが蘇りそうになり、咲良は小さく息を吐いた。

なぜ今さら気が変わったのかは分からないが、彼とはもう関わらない方がいい。

そんなことを考えていた咲良は、はっとして目を見開いた。

（もしかして私が金洞副社長の秘書をしているというのも選んだ理由にあるのかな）

彼が協力している甘玉堂のライバル企業の秘書に近付き、何か情報を得ようとしているのだとしたら？


（いやまさか……それはないよね）

浮かんだ考えをすぐにある訳ないと打ち消した。

経営不振の金洞商会の情報のために、自分の結婚まで利用する価値はないはずだ。そもそもライバル企業とすら認識されていない可能性だってある。

やっぱり咲良の考えすぎだ。それに颯斗は仕事に卑怯な手段は使わないように見える。

とはいえ、金洞商会と無関係になることは、一応話しておいた方がよさそうだ。

「あの如月さん、念のためお伝えしておきますが、私は転職する予定なんです」

「金洞商会を辞めるのか？」

颯斗は意外そうに眉を上げる。

「はい、いろいろあって、六月末に退職します」

「次の仕事は決まったのか？」

「いいえ。今は転職活動中です」

深刻さは隠してさらりと告げる。

「なるほど」

頷くと颯斗はよい案を思いついたとでも言うように顔を輝かせた。

「それなら、うちの会社で秘書をするのはどうだ?」

咲良は驚き目を丸くしたが、すぐに冷静さを取り戻した。

「ありがたい話ではあるんですけど、同情で雇って貰うわけにはいきません」

咲良自身、そんな形の採用は嫌だと思う。

「同情じゃなくて、俺にもメリットがあるとしたら?」

「そんなものがあるとは思えませんけど」

咲良は戸惑い首を傾げる。

「改めて提案したい。俺と契約結婚をしてくれないか?」

「契約結婚?」

思いがけない言葉に咲良は戸惑う。

「そう、お互いにメリットがある契約だ。俺は駒井さんを妻にできて、駒井さんは秘書の仕事に就ける。利害の一致する結婚だ」

颯斗は自分の思い付きが相当気に入ったのか、乗り気な様子だ。

「でも、結婚のために私の仕事を用意するなんて、公私混同なんじゃ……」

「駒井さんと結婚したくて無理やりポストを用意するわけではないんだ。うちには秘書室はなくて、役員も事務作業からスケジュール管理など自分でこなしているが、そろそろ専任が必要だと思っていたところだ」

「そうだとしても、キサラギワークスで働きたい人は大勢いると思います。それこそ私より優秀な人だって」

彼は咲良の経歴などを知らないはずだ。それなのに即決するなんて、逆に不安になる。

「これでも人を見る目はあるつもりだ。駒井さんの秘書としての心構えや、これまでの苦労話。それをどう切り抜けてきたかなど体験談をたくさん聞かせて貰ったからな。君なら十分戦力になれると思うよ」

「よく覚えてますね、ほとんど愚痴だったのに」

颯斗は咲良が思っていたよりもしっかり話を聞いていてくれたようだ。

「君の話を忘れる訳がない」

颯斗の言葉に、思わず頬が熱くなる。

「……ありがとうございます」

「キサラギワークスはやる気と誇りを持って動く人材を歓迎している。駒井さんは向いていると思う」

正直言ってとてもうれしい。しかも颯斗のキサラギワークスはこれからどんどん成長する企業で魅力的だ。

そんな会社で秘書として働けるなんて、きっと二度とないチャンスだ。

働いてみたい。

でもだからと言って、飛びつく訳にはいかない。

「契約結婚というのがよく分からないんですが、普通の結婚とどう違うんですか？」

「婚姻届を提出して、対外的には妻として振舞って貰うことになる。ただ、駒井さんが嫌がることはしない。必要以上の干渉やスキンシップは控えるようにする。同居は必要だが友人とのルームシェア感覚でいてくれたらいい。ほかの条件については、駒井さんが受けてくれたときに話し合おう」

颯斗は言葉を選ぶように慎重に言った。

「分かりました。でも、返事は少し待ってもらえませんか？　急なことで考えが纏まらなくて」

魅力的な職場だけれど、慎重に考えなくては。

たとえ契約結婚だとしても、勢いで決めたら後悔する。ある日突然契約終了になり仕事も解雇になる可能性だってある。今のところ彼がそんなことをするとは思えないけれど、心変わりしないという保証はまったくないのだから。立場が上の相手に振り回されるのはもうこりごりだ。

黙り込んだ咲良の耳に颯斗の声が届く。

「もちろん返事は待つから、考えて欲しい」

「はい……」

ここに来るまで想像もしていなかった選択を迫られ、咲良は大いに悩むことになったのだった。

「あれ？　もう帰ってきたんだ」

早めに帰宅すると言う咲良を店の外まで見送り店に戻った颯斗に、カウンターに座る男性が声をかけてきた。

彼は幼馴染の深見（ふかみ）朔朗（さくろう）。同じ年で実家は隣同士。大学も一緒と、友人というよりも家族のような存在だ。

颯斗と違い線が細く小柄で、繊細な顔立ちが中性的な印象を与える。

しかし繊細なのは見かけだけ。中身は自分よりもよほど図太いと颯斗は認識している。

そんな彼と久々にプライベートで飲もうという話になり霽月に立ち寄ったところ、偶然咲良の姿を見付けたため、ひとりで過ごして貰っていたのだ。

咲良との関係はざっくりではあるが話してあるので、彼の方も空気を読み距離を置いてくれていた。

「彼女、電車じゃないの？」

意外そうな声音に颯斗は頷き、彼の隣のスツールにどさりと腰を下ろす。

「駅まで送ると言ったが拒否された」

「振られたんだ！」

いかにも愉快そうに遠慮なく言われ、颯斗は眉間にシワを寄せた。

事実だが改めて言われると不愉快だ。

「彼女は遠慮深いんだ」

「単にうざがられただけなんじゃない？」

そんな訳あるかと言いたいところだが、実際その通りなのが残念だ。

「一目惚れして忘れられなくてチャンスを窺っていましたって、はっきり言ったの？」

「その言い方はやめてくれ」

「なんで？　素性を調査する程執着しているんだから間違ってないじゃないか」

朔朗が呆れたように言う。

「そんなことを言える雰囲気じゃなかったんだ」

咲良は颯斗の姿を見た瞬間、顔を曇らせた。

それは一瞬のことだったけれど、彼女の素直な心情だろう。

「彼女は俺との再会を望んでいなかった」

朔朗が肩をすくめる。

「まあ、颯斗は彼女の好みじゃないんだろうね」

「なんだと？」

「だってさ、好きなタイプだったら喜ぶものだろ？　関心がないからまた会いたいとは思ってなかったんだよ。颯斗だって興味がない女性にしつこくされたらうんざりするだろ？」

痛いところを突かれて、颯斗は口ごもる。

タイプじゃないくらいならまだましだ。

現状嫌われてしまっているのだろう。

咲良はあの日、颯斗が先にホテルを出たことに不満を持っているのだろう。

緊急の仕事で呼び出されたため、仕方がなかったとはいえ、彼女に声をかけなかったのは間違った判断だった。

ぐっすり眠っているのを起こしたら可哀想だと思い、連絡先を書いたメッセージを残したが、気付かれなかったようで不誠実な男の印象を残す結果になった。

彼女の信頼は今のところ地の底だ。

「それで、彼女とは何を話したんだ？　次のチャンスは貰えそう？」

「なんとかな。最終的には連絡先の交換をした」

「ひとまずよかったな」

「結婚も申し込んだ」

朔朗の顔に驚きが広がる。

「すごいな……さすがにそれは予想外だ。それで返事は？」

「断られた。俺とは関わりたくないらしい」

朔朗は飲んだばかりのアルコールを噴き出しそうになったのか、口元を押さえて咳き込んだ。

「……颯斗が容赦なく振られるなんて新鮮だな」

「完全に拒絶された訳じゃないからチャンスはある」

契約結婚という颯斗が無理やり作ったチャンスだが。

「へえ、それならいいけど。でも早くしないと面倒なことになるぞ」

その言葉に颯斗は「分かってる」と頷いた。

結婚を急いでいるのは、颯斗の家族の問題だ。

颯斗の生家は、リゾートホテル運営会社『如月リゾート』を経営している。規模は大きく業界ランキングでもトップレベルだ。

同族経営だが、役員の半数以上は一族以外のたたき上げ社員だから、社長の息子といえど能力と実績がないと周囲が後継者に相応しいと納得して貰えない。

颯斗にはひとつ年上の兄がいるため、会社を継ぐ気など一切なかったが、入社一年が過ぎた頃に、颯斗を後継ぎに推す者が親族の中に現れた。

兄よりも優秀だからという主張だったが、それがきっかけで派閥ができてしまった。

如月家の後継者は兄と決まっているし、兄弟仲は良好で競う気などないのに、周囲があれこれ口を出してくる。

結局、颯斗は如月リゾートを辞めて家も出た。

権力争いに巻き込まれるのを嫌っただけでなく、この機会に独立して自分の会社を立ち上げたいという野心があったのだ。

まずは興味があったＩＴ関連企業に転職し、四年前に、実家の援助は一切受けず政府のスタートアップ制度を利用してキサラギワークスを立ち上げた。

実家に戻るのは盆と正月くらい。距離を置いたおかげで、派閥争いは収まったし、兄との仲も以前に増して良好だ。

ところが三カ月前に新たな問題が発生した。如月リゾート設立時からの取引銀行である『五葉(ごよう)銀行』の頭取令嬢が、結婚相手に颯斗を指名してきたのだ。

元々兄の見合い相手だったため揉めに揉めた。兄は颯斗のせいじゃないと言っているが、気分がよい訳がない。

自分にはその気はなく、頭取令嬢との結婚はあり得ないと言っても、相手は執拗で何かと颯斗に関わろうとしてくる。

初めは拒否していればいずれ諦めると思っていたが、このままでは解決しないと気がついた。

長引かせると兄にも申し訳ない。

頭を悩ませていたある日、不意に自分が先に結婚すれば、全てが解決するのではと思い立った。

できれば如月リゾートとは無関係で、結婚しても影響が無さそうな相手が望ましい。

頭取令嬢もさすがに既婚者に関わってくる程、暇ではないはずだ。

とはいえ、あいにく交際している女性はいないし、結婚相手の当てがない。

問題解決のための結婚であっても、一生を共にするのだから好きになれそうな相手がいい。颯斗の希望は一緒にいて楽しく寛げる人だ。

しかし多くは望んでいないつもりでも、いざとなると相手はなかなか見つからないものだった。

朔朗曰く、波長が合う相手を探すのは、美人の妻を娶るより余程大変なのだとか。

実際その通りだと感じていたときに、思いがけなく咲良と出会った。

颯斗好みの清楚な容姿で、一見おっとりした雰囲気だ。しかし突発的なトラブルにはてきぱきと冷静に対応していた。

優しい笑みで他人の世話をする彼女から目が離せなくなった。

普段では考えられない程、颯斗の心臓は高鳴り、彼女と関わりたくて声をかけた。

常連同士という仲間意識からか思いのほか会話が弾み、必死のアプローチが功を奏したのか、彼女と一夜を過ごすことができた訳だが……。

「他の候補も探したら？　残念だけど彼女は難しいと思うよ」

「言い切るなよ」

朔朗の遠慮のない言葉に、颯斗は眉間にシワを寄せる。

「迷わず断られたんだろ？　颯斗の容姿にも肩書にも靡かないんだから、もう相手がいるんだよ。それくらい真面目で誘惑に揺らがない固い女性の方が結婚相手にはいいんだろうけど、ゆっくり口説く時間はないからね」

朔朗は、颯斗と咲良が既に体の関係を持ったことまでは知らない。バーで意気投合して颯斗が一目惚れをした認識だ。だから実際以上に見込みがないと判断している。

しかしあの夜咲良は間違いなく颯斗を求めてくれた。酔った勢いかもしれないが、セックスができれば誰でもいい、なんて考えの女性ではないと断言できる。

そうなると考えられるのは、やはり颯斗の態度に失望したから。

(住む世界が違うとも言っていたな)

颯斗はそんな風に思っていないのに。

しかし信じて貰えないのは、全て自分の態度が原因だから仕方がない。

「結婚相手は彼女だ。うちの会社にも勧誘した」

「そこまでするわけ？」

呆れたような朔朗の言葉は聞き流す。

もし咲良と出会っていなかったら、他の結婚相手を探したのかもしれない。

しかし今となっては、彼女以外考えられない。

わずらわしさから逃れたくて結婚相手を探していたはずが、咲良を手放したくなくて結婚したいと目的が変わっていた。

三章　新婚初夜

七月十二日金曜日。咲良は赤坂（あかさか）のキサラギワークス本社開催の中途採用者内定式に出席している。

颯斗から契約結婚を持ち掛けられたときは、断るつもりでいた。

結婚をビジネスのように扱うことに拒否感があったし、上手く行くとは思えなかったから。

それでも再会した日から思い出にして仕舞ったつもりだった恋心が蘇り、彼のことを考えずにはいられなくなった。

契約結婚を申し込まれたせいか、以前よりも意識するようになっていた。

そんな中、就職活動は困難を極めていた。

なんとか最終選考まで漕ぎつけた企業があっても、リファレンスチェックの段階で選考から漏れてしまう。

前職の実績を調べる企業があるとは知っていたけれど、ここまで影響が出るとは思わなかった。

でも考えてみたら、情報漏洩の疑いをかけられて退職している人間を雇いたい企業なんてあるはずがない。上司の個人情報も扱う秘書なら尚更だ。冤罪だとしても、疑惑という時点で敬遠されるのだ。

それならばリファレンスチェックがない仕事を探そうかとも考えたが、咲良はやはり秘書の仕事を続けたかった。

キャリアを積みたいというのもあるし、元々自分が前に出るよりも、フォロー役が好きだった。自分のフォローが役に立ったときの喜びをやりがいに感じていたのだ。

捨てきれない颯斗への想いと、仕事が見つからないという現実。

時間が経つに連れて、咲良は追い詰められていった。

その過程で、せっかくの仕事のチャンスを蹴るのは勿体ないのではという考えに変化していった。

今の咲良にとってこれ以上よい条件の転職機会はきっと無いだろう。

キサラギワークスについて情報収集すればするほど、上昇気流に乗った勢いのあるオフィスで働いてみたい気持ちが日々大きくなっていった。

契約結婚についても、自分が思い描いていた結婚と違っているだけで、そう悪いものでもないかもしれない。

彼を好きだと思う気持ちは確かなのだ。

片思いでも好きな相手の側にいられるのは幸せなことではないだろうか。

(悪くない話だよね?)

きっと自分と同じだけの恋情を求めなければ、上手く行く。

好きな仕事と、颯斗の妻という安定した立場。

仕事が見つからず、経済的な不安に怯える今よりもずっといい。

打算的だっていいではないか。だって契約結婚なのだから。

颯斗に契約結婚を受け入れると伝えると、彼は咲良が想像していたよりも喜んでくれて、中途入社のための段取りを進めてくれた。

今回採用になった社員は、咲良を含めて六人。

皆、表情からやる気に溢れている。

それぞれ配属咲は違うけれど、彼らとなら前向きに仕事ができそうな気がする。

内定式には颯斗も顔を出し、皆の前で挨拶をするため、前に出た。

皆の視線が集まる中、颯斗は自信に溢れた表情で口を開く。

「内定おめでとう。キサラギワークスは四年前に起業し困難はあったものの、ここまで成長しました。結果を出し続けられるのは社員たちの努力によるものです。今回入社が決まった皆さんも、当社の一員として力を尽くし、ますます発展できるように、常に挑戦する心を忘れず頑張って欲しい！」

颯斗が短い挨拶を終えると、一斉に拍手が鳴る。

彼の声も表情も醸し出す自信に溢れた空気も、全てに強烈なカリスマ性を感じる。

咲良以外の内定者もそう思っているから、希望に溢れた眼差しで颯斗を見つめ、自発的に拍手をしたのだ。

咲良の胸も自然と高鳴り落ち着かない。

（本当に、特別な人……）

人の上に立つのにこんなに相応しい人がいるだろうか。

颯斗の登場で明らかに空気が変わった。

おそらく皆が非情に前向きな気持ちになっていたと思う。

説明会終了後、咲良はエレベーターで地下に向かった。

颯斗から終わり次第、地下の駐車場に来て欲しいと言われていたからだ。

連絡通路から駐車場に向かい、扉の前でキョロキョロ周囲を見回す。するとすぐに声をかけられた。

「駒井さん！」

声の方に目を向けると、颯斗が駆け寄ってくるところだった。

「問題なく終わった？」

「はい。お待たせしてしまったようで、申し訳ありません」

頭を下げようとすると颯斗の言葉に遮られる。

「今はプライベーの時間だから。敬語も要らない」

「でもそう言う訳には……それに今はプライベートなんですか？」

「社員をこんなところに呼びだしたりはしないだろ？」

それはそうかと、咲良は小さく頷く。

「時間は大丈夫か？」

「はい、もちろんです」

彼に話があると言われた時点で、この後の予定は入れていない。

「よかった」

颯斗に促され駐車場内を移動する。

颯斗が立ち止まったのは、車に疎い咲良でも知っている、高級外車の前だった。

「乗って」

颯斗が咲良のために助手席のドアを開ける。

「ありがとうございます」

車は地下駐車場を出て、大通りを走る。

「ところでどこに向かってるんですか？」

「知り合いの店。そろそろ着く」

「この辺りにレストランなんてありましたっけ？」

「そこだ」

颯斗の視線の先にあるのは、生垣に囲われた邸宅だった。

個人宅にしては大きすぎるが、旅館や飲食店にも見えない。しかし颯斗は断りなく車を敷地内に進め広い玄関前で駐車し、エンジンを切った。

「ここはどういう場所なんですか？」

車を降りてぐるりと周囲を窺ったが、看板のようなものはなく、やはり飲食店を経営しているようには見えない。

「口コミだけでやってる店だ。一日五組限定で、予約を取るには、常連客から紹介して貰う必要がある。他の客や時間を気にする必要がないから、込み入った話をするときに丁度いいんだ」

「そういう店があるというのは聞いたことがありますけど、実際来るのは初めてです」

咲良は驚きながらきょろきょろと周りを観察する。

都心のオフィス街からそう離れていない場所だというのに、三百坪以上ありそうな広い敷地。庭は日本庭園の様式に整えられている。ここで食事をしながら寛いだら、都会の喧騒を忘れさせてくれそうだ。

(さすが、キサラギワークスのCEOだわ)

行きつけの店のレベルが違う。金洞副社長ですら、こんな特殊な店の常連にはなっていなかったはずだ。

颯斗が慣れた様子で、旅館のような広い玄関の扉を引くと、着物姿の店員が出迎えてくれた。

「如月様、ようこそいらっしゃいました」

やはり颯斗は常連のようで、店員と親し気に言葉を交わし、部屋に案内して貰う際も、真っ直ぐ前を見て周囲の景色などには関心がないようだ。

通されたのは十畳程の畳敷きの和室で、中央には藍色のラグが敷かれていた。その上には木目のテーブルと椅子が四脚。

部屋から直接中庭に降りられる造りで、日本庭園を眺めながら食事ができるようになっている。

かなりシンプルな印象の部屋だが、何点か置いてある調度品は皆品がよく高級感がある。

一通り部屋の様子を眺めてから、颯斗と向かい合わせでテーブルに着いた。

お品書きが見当たらず颯斗に聞くと、お任せコースしかないとのこと。

ただ今日は店員の出入りを最小限にしたいため、特別メニューをお願いしたそうだ。

そんな融通が利くということは、颯斗はこの店の上客だと言える。

しばらくすると料理が運ばれてきた。旬のものを贅沢につかった季節料理で、全体の量は一般的な懐石料理よりも少なく感じた。

数日前に連絡を取り合ったとき、食事の好き嫌いや量を聞かれたときに答えた内容が、しっかり反映されている。

上品な和食の中で、ホタテの貝殻を器とした海鮮ときのこのグラタンがあるのが意外だったが、咲良が「グラタンが好き」と言ったのをそのまま店に伝えてくれたのだろうか。

「すごく美味しいです」

「それはよかった」

咲良が漏らした素直な感想に颯斗がうれしそうに目を細める。

彼は食事の間、仕事でのハプニングで困った話などをジョーク交じりに語り、咲良を楽しませてくれた。

軽い話題で場を和ませる気遣いをしながらも、食のマナーは完璧で隙がない。

箸の運び方や魚の骨の取り方など、どれをとっても見本にしたいくらい綺麗な仕草だった。

咲良は秘書になると決まったときに、冠婚葬祭や食事会などでの立ち振る舞いに自信がなくて短期のマナー講習を受け一通り身に付けたつもりでいた。

しかし颯斗は付け焼き刃の咲良とは全然違う。まるで講師のように自然に苦もなく振舞い完璧な所作を見せる。

それは彼の育ちの良さを示しているように感じた。

(如月さんって、会社を立ち上げる前は大手IT企業で働いていたそうだけど)

会社情報で公開されている経歴は前職と出身大学くらい。彼の家庭環境などは分からないがよい家の令息なのかもしれない。それにしても。

(私は如月さんのことを何も知らないな)

彼はどんな環境で成長したのだろう。好きなものは？　苦手な事は？

理解するにはまだ彼との時間が少なすぎる。

「今更だが我が社に来る決心をしてくれてありがとう」

食事が終わると、改まった様子で、颯斗が切り出した。

「こちらこそ声をかけて下さりありがとうございます。内定式の挨拶を聞いて、決断してよかったと思いました。これからよろしくお願いします」

咲良は居住まいを正してぺこりと頭を下げる。敬語はなしと言われたけれど、ここはしっかり御礼を言いたい。

「期待してる」

「はい」

親しみを感じる微笑みを向けられることにまだ慣れない。真面目な話なのにどきっとしてしまい、咲良は目を伏せた。

「結婚の話も進めていきたいが、大丈夫か？」

「はい。でもその前にひとつ質問してもいいですか？」

颯斗は鷹揚に頷いた。

「もちろんだ」

「急いで結婚しなくちゃいけない理由ってなんですか？」

あれから咲良なりに考えたけれど、確信できるような考えは浮かばなかった。

「そうだな。詳しい話をしないのは失礼だった。俺が結婚を急いでいるのは、家族の問題を解決するために必要だからだ」

思ったよりもあっさり教えて貰い、拍子抜けした気分になった。同時に新たな疑問が生まれる。

「家族の問題ですか」

「そう。俺には両親と兄がいるんだが、家族が円満に過ごすには俺が結婚している方が都合がいいんだ……」

「……そんな事情があったんですね」

颯斗はざっくりだが咲良に事情を説明した。

(まさかお兄さんのお見合い相手に惚れられちゃうなんて……)

ハイスペックなイケメンには咲良などでは考え付かない苦労があるのだなとしみじみ思う。

それにしても颯斗が如月リゾートの御曹司だとは驚きだった。

彼の上品な所作も、紹介制の高級料亭の常連なのも育ってきた環境によるものだったのかと納得した。

「お兄さんに安心して貰うためにも早く結婚したい……事情は分かりましたけど、本当にそれで結婚してもいいんですか？　いつか後悔するんじゃ……」

颯斗が結婚するのは自分自身ではなく、家族円満のためだ。

結婚という一大事を誰かのためにしてもいいのか。ベストではなくベターな選択で後悔しないのか。

今更ながら彼が心配になる。

「後悔するわけない。結婚相手は俺自身が選んだのだから」

颯斗が迷いのない眼差しを咲良に向ける。ゆるぎない自信が伝わって来るようだった。

（ここまで覚悟しているなら、私の心配なんて必要ないよね）

咲良にできることは、契約をしっかり守り妻役を務めることだ。

（普通の結婚じゃないけれど、私が恋心をしまえば上手くいくはず）

今日まで連絡を取り合い、少しずつ距離を縮めてきた。

ホテルに置き去りにされたことは、未だに悲しい記憶だけれど、いつまでも拘っていても仕方がない。

形だけとはいえ好きな人の妻になり、抱えている問題も解決するのだ。よく考えたら信じられないくらいに恵まれている。

「如月さんの目的が果たせるように、私も協力させてもらいます」

咲良も改めて覚悟をして宣言する。

颯斗はうれしそうに目を細めた。

「決心してくれてありがとう。この決断を後悔させないように努力する」

「私もよい関係になれるように前向きに頑張ります」

「ああ、よろしくな」

「はい」

颯斗の笑顔を見ていると、不思議と不安が消えていく。

夢見ていたような結婚ではないけれど、きっと上手くいくと明るい気持ちになれたのだった。

それからの颯斗の行動は迅速だった。

まずはお互いの両親に結婚報告をした。

颯斗の両親は快く咲良を受け入れてくれたが、咲良の両親はかなり驚愕させてしまった。

颯斗の提案で、友人の紹介で知り合い一年付き合っていたと誤魔化し、ようやく納得してくれた。それまで咲良に恋人がいなかったのがよい方向に働き、照れて秘密にしていたということになっていた。

その後の必要な手続きなどの段取り、新居の手配など、転職準備で余裕がない咲良に代わり全てをこなしてくれる。

ＣＥＯとして多忙を極めているのに、時間をつくるのが本当にうまい人だと感心した。

婚姻届を出すより前に同居を開始した。

新居は元々颯斗が住んでいたマンションでは部屋数が足りないため、新たに契約した。

赤坂のオフィスから近く、エントランスが二重になっているセキュリティ万全な高級マンションだ。

２ＬＤＫだが、三十畳のＬＤＫとギャラリースペース、ベッドルームが二部屋と夫婦で住むには広すぎる間取り。

最新の設備にフローリングやクロスなど高品質のものが使われており、冷暖房も完璧。ホテルのスイートルームのような豪華さだ。

咲良が暮らしていた単身用のマンションとはクラスが違いすぎて、颯斗と自分が属する階級の差をひしひしと感じた。

とはいえ生活が始まると慣れるもので、引っ越し当初は恐る恐る使っていたキッチンにも愛着が湧き、一週間もすると自分の家だと実感できるようになっていた。

御曹司の颯斗は食も高級志向かと思いきや、咲良がネットで検索してつくる簡単料理も美味しく食べてくれる。ときにはふたり並んでキッチンに立つこともあった。

心配していた生まれ育った環境の違いによる影響はそれほど感じない。

契約結婚の夫婦なので、ルームシェアといった感じだがふたりの距離は少しずつ近づいている。

そして七月二十九日の大安。咲良と颯斗はふたりで区役所を訪れ婚姻届を提出した。

結婚式は行わず手続きだけの密やかな結婚記念日になったが、ひとつの区切りがついたのだとしみじみ感じ入った。

「結婚おめでとう」

颯斗が上機嫌でワイングラスを傾ける。

「自分で言っちゃうんですね」

　咲良はくすっと笑いながら同様にグラスを手にした。

　少しは記念日らしいことをしようと区役所帰りに寄ったレストランは、ホテルの高層階にあり、東京の華やかな街並みを見渡せるプロポーズにも適していそうなロマンチックな空間だ。

「そうですけど」

「うれしいときは素直に祝うべきだろ？」

「これで咲良は俺の妻か……」

　彼が咲良と呼び捨てにするようになったのは、同居してすぐだった。

　お互い苗字呼びではさすがにおかしいからだが、初めて「咲良」と呼びかけられたときは、不覚にも頬を赤く染めてしまった。

「実感湧きませんか？」

「いやその逆だ。咲良は？」

「私は、婚姻届を出した時点で結婚したんだって実感して、ちょっと胸にくるものがありました」

「もしかして感動して泣きそうになってた？」

「いえ、そこまでは」

「なんだ、残念だな」

颯斗が楽しそうに笑う。

「何にしろこれで正式に夫婦になったんだ。改めて、これからよろしく」

「はい、よろしくお願いします」

「こちらこそ。何か気になることや困ったことがあったら、遠慮なく言って欲しい」

「はい、そうします。颯斗さんも何でも率直に言ってくださいね」

「ありがとう」

ふたりの間に流れる空気は穏やかで居心地がいいものだ。

「ひとつ聞いておきたいんだけど」

「はい、なんですか？」

「金洞商会を辞めたとき、何かあったのか？」

颯斗が心配そうに咲良を見つめている。

「咲良は前職について話すとき、顔が曇るんだ。嫌なことがあったのか？　無理にとは言わないが、よかったら話して欲しい」

咲良は気まずさに目を伏せた。

これまで彼は咲良の前職について殆ど触れなかったし、就職に際してリファレンスチェックもしなかった。

けれど、問題があったと察していたのだ。

本来なら就職の前に伝えなくてはならなかったことだ。けれど、なかなか言い出せずに、彼からも聞かれないのをいいことに今日まで来てしまった。

今でもできるなら知られたくない。けれどいつまでも逃げてはいられない。

覚悟を決めて、颯斗を見つめた。

彼は咲良を信じてくれるのだろうか。

「解雇同然で退職しました。情報漏洩の疑いをかけられて、それ以上会社にいられなくなったんです」

颯斗が大きく目を見開いた。咲良は慌てて続きを口にする。

「でも冤罪なんです。私は本当にそんなことはしていないんです」

衝撃が大きかったのか颯斗は唖然としているように見えた。

けれど次の瞬間、顔をしかめる。

「冤罪？　どういうことだ？」

彼の声に怒りを感じた。咲良は戸惑いながら、退職までの事情と就職活動を妨害された経緯を説明した。

颯斗は黙って咲良の言葉に耳を傾けていたが、話が終わると小さく息を吐いた。

それから眉間に小さなシワを寄せて咲良を見る。

「辛かったな」

「はい……信じてくれるんですか？」

「当たり前だろう？　次に何かあった時は隠さず相談して欲しい」

「……はい」

じわりと胸に喜びが広がる。

「颯斗さん、ありがとうございます。信じてくれて本当にうれしいです」

彼と結婚してよかった。

たとえ女性として愛されていなくても、絶対的な味方がいるという安心感が、心を楽にしてくれる。

ふたりの間に穏やかな空気が流れる。

「今後の予定だけど」

しばらくすると、颯斗がふと思い出したように切り出した。

「週末実家に結婚報告に行く。咲良にも同行して欲しい」

「もちろんです」

「その日は兄もいるんだ。咲良を紹介したい」

颯斗の両親とは結婚前の挨拶で一度だけ会っている。ただ彼の兄とは都合が合わずにまだ顔を合わせていない。

「はい。お会いするのが楽しみです」

颯斗の兄はどんな人なのだろう。兄弟だから似ているのだろうか。

「それからまだ日程は決まってないが、俺の幼馴染を紹介したい」

「幼馴染？」

「ああ。物心ついた頃からの腐れ縁だ。今は仕事でも関わりがある」

「そんな前からの……私には幼馴染がいないから羨ましいですね」

咲良は父が転職を繰り返したため、高校に入学する前は何度も転居と転校を経験した。

初めは手紙の交換をしていた相手とも、何度も住所変更をするうちに疎遠になり、気付けば関係が途絶えてしまったのだ。

「気さくな奴だから咲良もすぐに仲良くなれると思う。仕事が落ち着いたら会う機会をつくるよ」

「楽しみにしてます。あの、仕事といえば、私が颯斗さんの妻だって公表しちゃって

「本当に大丈夫ですか？」

中途入社の社員が社長の妻だなんて、同僚たちがやり辛くならないだろうか。

あまり関わりがない部署の社員でも、咲良が如月姓を名乗っていたら、察しがつくはず。

「仕事時は旧姓の駒井を使用した方がいいのでは?」

咲良としてもその方が新たな同僚たちとコミュニケーションが取りやすいと思う。

「駄目だ。ちゃんと如月咲良として入社してくれ」

一切の迷いがない返事だった。

「手続上問題があるんですか?」

「それはないが、旧姓では咲良が俺の妻だって分かり辛くなるだろう。しっかり周知しておかないと、勘違いした男が近づきでもしたら面倒だからな」

「えっ? それは絶対にないですよ」

突拍子もない颯斗の発言に、咲良は一瞬ポカンとしてから噴き出した。

一体何の心配をしているというのだろうか。

(しかも勘違いした男って! 自分の会社の社員なのに)

先日、二人で寛ぎながら他愛ない話をしていたとき、優秀な社員が集まってくれて感謝しているとうれしそうに語っていたのに。手のひら返しの発言に笑ってしまった。

（冗談で言ってるのは分かってるけど）

咲良は笑いを引っ込めて、颯斗を見つめる。

「そんな心配はしなくて大丈夫です。金洞商会で働いているときだって誰からも声がかからなかったんですよ」

余計な心配はして欲しくなくてそう伝えたが、颯斗は渋い表情で首を振る。

「咲良の近くに金洞さんがいたからだろう？」

「それはあるかもしれませんけど、私自身目立たない方ですからね」

「咲良は自分を分かっていないみたいだな。とにかく堂々と如月姓を名乗って欲しい」

「そう言うなら……颯斗さん意外と心配性なんですね」

「妻に関してだけだ」

颯斗と見つめ合い笑い合う。ふたりの距離が今までで一番近付いた気がした。

新居の寝室は夫婦同室で、セミダブルのベッドが二台、隙間を空けて並んでいる、新婚夫婦としてはよく見かけるインテリアだ。

けれど咲良と颯斗は同居してからも、同室で眠りながら体の関係を持つことはなく過ごしていた。

けれど今夜は婚姻届を出した記念の夜だ。

（もし颯斗さんに誘われたらどうすればいいんだろう）

結婚した以上、夫婦生活を拒否するつもりはない。

しかも既に一度肌を重ねているふたりだ。

とはいえ、自分からその件について触れる勇気はない。

だから咲良は、寝室ではいつも緊張感を持っている。

意識しすぎない方がいいと分かっているのに、どうしても彼の一挙手一投足を目で追ってしまう。

彼に抱かれたいのか、愛されているわけでない契約結婚なのに体の関係を持つのが嫌なのか、自分自身の気持ちがよく分からない。

咲良は入浴を終えてドレッサーの前でスキンケアをしながら、鏡に映る夫の姿を窺った。

彼は右手で濡れた髪をタオルで拭きながら、もう一方の手でミネラルウォーターを飲んでいるところだった。男らしい喉仏がごくりと動く様に思わず見入ってしまう。

ルームウエアを着ていても、鍛えられた体が分かる。惚れ惚れする程の男ぶりに咲良は頬を染めずにいられない。

（恋愛感情を持たないようにしたいのに、全然上手くいかない）

いつになったら、この気持ちは落ち着くのだろうか。

「どうした？」

じっと見つめていたからだろうか。視線に気づいた颯斗が不思議そうな顔をして問いかけてきた。

「な、なんでもないです」

まさか見惚れていたとは言えないので、視線を逸らす。

颯斗がくすりと笑いながら近づいてくる気配がした。

「咲良、今日は一緒に寝ようか」

「えっ？」

動揺のあまり上擦った声が出た。颯斗はそんな咲良を見て微笑した。

「冗談だ」

「じょ、冗談……だったんですか？」

彼はこんなときにふざける人なのだろうか。

戸惑う咲良の頭に、颯斗がぽんと手を置いた。

「髪が乱れてる」

「あ、本当ですね」

咲良は鏡を見ながら、手櫛で自分の髪を整える。

「颯斗さんが変なことを言うから驚いちゃいました」

少し気まずくなった空気を払拭したくて、咲良は何でもないように言う。

颯斗がいたずらっぽい笑みを浮かべる。

「もしかして、期待した？」

「ま、まさか！」

心を見透かされたような気がして、咲良は慌てて立ち上がる。

「私、もう寝ますね。お休みなさい」

自分のベッドに入り、頭まで布団をかけた。

颯斗が小さく笑いながら、布団の中で丸くなっている咲良に声をかける。

「お休み、咲良」

衣擦れの音がして彼が自分のベッドに入ったのが分かる。

（颯斗さん、気を悪くしてないかな？）

動揺したからと言って、子供っぽい態度だった。

でも今更布団から出ても、何を言えばいいのか分からない。
咲良はぎゅっと目を閉じた。
その夜は、なかなか寝付けなかった。

四章　近付く距離

婚姻届を出した週末。

咲良たち夫婦は、世田谷区にある颯斗の実家を訪問した。

結婚の報告という用件なため、咲良はきちんとした印象があるネイビーのワンピースを選び、髪はすっきりハーフアップにした。メイクはナチュラルに。

少し地味だが、真面目な雰囲気を嫌う人は少ない。義父母には一度挨拶をしているものの、颯斗の兄とは初対面なので第一印象にかなり気を遣った。

颯斗は咲良のワンピースより明度が低い紺のスーツで、思わず見とれてしまうくらい様になっていた。

義父母は家族用のリビングに、所狭しと並べられた料理で歓迎してくれた。

「七月二十九日に婚姻届けを提出し受理されました」

報告から始めると義母はほっとしたように微笑んだ。

「よかった。咲良さん、改めて颯斗をよろしくお願いします」

「はい。こちらこそよろしくお願いします」

義父は義母のように顔には出さなかったが、咲良たちの結婚を肯定的に受け止めてくれているのが伝わってくる。

如月リゾートのような大企業の経営者夫婦としては、かなり柔軟な態度で、一般家庭出身の咲良を不満に思っている様子はない。咲良は自分の幸運に感謝したくなった。

「さ、お料理をいただきましょう。今日は颯斗と咲良さんのお祝いだから朝から張り切ってしまったの」

「え……お義母様の手料理なんですか？」

咲良は衝撃を受けてテーブルの上の料理を見回した。

ローストビーフから根菜の煮物や桜エビのかきあげなど、種類が豊富なうえに盛り付けも完璧だった。ケータリングサービスを利用したと思っていたのに、手作りだったとは。

「ええ。咲良さんのお口に合うといいのだけど」

「凄い……お店に来たみたいです。お義母様は料理上手なんですね」

思わず漏れた言葉だが、義母もお世辞ではないと察したようでうれしそうに頬を染めた。

「褒めてくれてありがとう。昔から料理が好きでお祝い事があると特に張り切ってしまうのよ」

義母は上機嫌で料理を少しずつ取り分け咲良に手渡してくれた。

「ありがとうございます……わあ、すごく美味しいです」

桜エビのかきあげを一口食べた咲良は、感嘆の声を上げた。

「よかった。たくさんあるから良かったらお土産に持って帰ってね」

義母は料理だけでなく、みなに振舞うのも好きなようだった。颯斗と義父の分も取り分けこまやかに世話を焼いている。

咲良も手伝おうとしたが、「手伝いは次回から。今日は料理を楽しんでね」と断られてしまった。

二年間秘書として常に上司の動向に気を遣い、先回りして動いていた咲良にとって、世話を焼かれる立場はどうにも落ち着かないものだが、楽しそうにしている義母の様子を見ると、言われた通りにしていた方がいいとも感じる。

「咲良、母に任せてやってくれ」

様子を窺っていると颯斗がそっと耳打ちしてきた。咲良は分かったとばかりに小さく頷く。

「母は人をもてなすのが大好きなんだ。楽しそうにしてるだろ？　久々に明るい顔を見られてよかったよ」

颯斗はほっとしたように表情を和らげる。義母は兄の見合い相手と颯斗の問題で、心を痛めていたが、そのことを颯斗は申し訳なく感じているようだ。

(お義母様は家庭を大切にしているようだから、気まずい状況が辛かったんだろうな)

颯斗と咲良が結婚したことで、問題が解決するといいのだけれど。

(お兄さんのお見合い相手はどんな人なんだろう)

取引銀行の令嬢だとは聞いたが、人柄はよく分からない。

ただ、見合い相手の弟が気に入ったからと言って、積極的に迫る姿勢は咲良とは相いれないものだ。

(でも颯斗さんの契約結婚の目的は、その女性に諦めて貰うためだから、いずれ顔を合わせることになるかもしれない)

「颯斗、事務所の移転をしたらしいな」

考えに沈んでいたとき、義父の声が耳に届いた。

「ああ。赤坂のツインタワーにワンフロア借りている」

「大丈夫なのか？　あそこは賃料もかなりのものだろう」

心配そうに眉を顰める義父に、颯斗は少し呆れたように言う。

「大丈夫。相変わらず心配性なんだな。上手くやってるから俺の事は気にしないでいって」

「お前は子供のころから向こう見ずなところがあるから。それに頑固だ」

颯斗は聞き流すことにしたのか肩をすくめるだけだった。義父は諦めたのか咲良に目を向ける。

「咲良さん、問題が起きたらすぐに連絡して欲しい。颯斗を頼みます」

「はい。お任せください」

「父さん、咲良に余計な負担をかけないでくれ」

颯斗は面白くないようだが、咲良は義父母は息子思いのよい人だと感じた。

客観的に見ると颯斗は親の助けなど要らない一人前の経営者だけれど、親からするといつまでたっても子供なのだ。

「颯斗さん、お義父様たちに心配かけないように、ときどき伺うようにしましょうね」

「……咲良がそう言うなら」

颯斗は渋々ながらも了承してくれた。その様子を見ていた義母が「まあ」と驚いたような声を上げる。

「颯斗でも咲良さんの言うことは素直に聞くのね」

よほど素直じゃないと思われているのか、義母は大げさなくらい感心している。

「咲良さんは颯斗の会社で働くのかね？」

義父が思い出したように、聞いてきた。

「はい。九月一日に入社する予定です」

「そうか。公私ともに颯斗を支えてくれる咲良さんがいて安心だな」

「前職と業界が違うのでこれから勉強していく形ですが、早く馴染めるように頑張ります」

「頼むよ」

「無理はしすぎないでね」

心配そうに眉を下げる義母に、颯斗がクールに答える。

「俺が咲良に無理をさせる訳ないだろ？」

「まあっ、母親には素っ気なくても、お嫁さんには優しいのね」

「母さんにだって優しくしてるだろ」

義母は「どうだか」と言いながらも幸せそうだった。

ほのぼのした様子に咲良もすっかりリラックスし、来たときの緊張感はすっかり抜けていた。

和気藹々と会話を楽しんでいると、リビングに繋がる廊下から足音が聞こえてきた。

義父母と颯斗が扉の方に顔を向ける。

すりガラス扉に長身のシルエットが見えた直後、扉がゆっくり開く。

「兄さん」

颯斗が明るい声を出した。

「遅れて申し訳ない」

そう言って近づいてきたのは、スーツ姿の男性だった。

颯斗と同様に長身で、痩せ型。ビジネスマンらしいショートヘアは少し癖がある。

シルバーフレームの眼鏡の向こうの切れ長の目は怜悧さを感じさせる。

「大丈夫。仕事が忙しかったんだろ？」

「ああ」

義兄は颯斗に頷くと、咲良に目を向けた。

「咲良さんですね。颯斗の兄、彰斗(あきと)です。ようやく会えてうれしいです」

切れ長で少し冷たく感じた兄の目が、柔らかなものになる。

「はじめまして。咲良です。ご挨拶が遅くなり申し訳ありません」

「いえ。颯斗の我儘で急な結婚になったのですから、そんなに気を遣わないでください」

「ありがとうございます」

テーブルに義兄が加わり、ますます賑やかになる。

義母は遅いと不満そうにしていたけれど、義兄の料理を取り分けたりとうれしそうだ。

(仲がいい家族なんだな)

会社の派閥争いや、婚約者候補とのトラブルなどがなければ、何の問題もない家族だ。大らかで他人だった咲良を優しく受け入れてくれている。

途中で義父が集めたワインを振舞って貰ったりと、居心地のよい楽しい時間が流れる。

そのとき、ノックの音がした。

「旦那様、五葉様がお見えですが、いかがいたしましょうか」

如月家の家事使用人のようで、来客の知らせのようだ。

すると皆が揃って顔を曇らせた。

「なぜ五葉さんが？　約束はしていないんだろう？」

義父が顔をしかめながら言うと、兄が深刻そうな表情で頷いた。

「咲良さんが来ると分かっているのに、呼ぶわけないでしょう」

（五葉さんって一体誰なんだろう……？）

明らかに望まない来客のようだが、咲良だけが状況を把握できていない。

事情を聞きたいけれど、確認している暇もなく扉が開いた。

「こんにちは」

来客は若い女性だった。すらりと長身で体のラインが出る派手なワンピースを完璧に着こなしている美しい人だ。

どこかで見かけたことがあるような気がするが、モデル活動でもしているのだろうか。分からないが、先ほどからの颯斗たちの態度で彼女の立場を察することができた。

（多分、この人がお義兄さんのお見合い相手……）

そして、颯斗を気に入り、積極的に迫っている人だ。

咲良は内心動揺していた。

颯斗と結婚した咲良を、彼女がよく思う訳がない。敵対心を持っている可能性もある。

それは覚悟のうえだったけれど、まさか今日対面するとは思ってもいなかった。

心の準備が足りない今日は、なるべく関わりたくないのだけれど。

しかし彼女は如月家の人たちに挨拶を終えると、咲良に目を向けた。

気難しそうな顔をしながら、まるで品定めでもするかのように、座っている咲良を見下ろして来る。

「あなたが颯斗さんと婚約したいって言ってる人？」

敵意がむきだしになった視線と言葉に、一瞬言葉を失った。それでもなんとか答えようとすると、颯斗が先に口を開いた。

「五葉さん、誤解されているようですが、彼女は僕の妻です」

「えっ？」

彼女が驚愕したように上擦った声を上げる。

「今日は結婚の挨拶のために立ち寄りましたが、そろそろ帰ろうと思っていたんです」

颯斗が咲良の背に手を添える。予定より早いがお暇しようという合図だと気付き頷いた。

（この人は間違いなく問題の女性だけれど、今は話す必要がないということみたい）

義父母も義兄も口出ししてこないということは、この場に咲良はいない方がいいのだろう。

静かに立ち上がり、脇に置いてあったバッグを掴んだ。

「俺たちはここで失礼します」

颯斗と同様に頭を下げてから、部屋を出るため扉に向かう。同時にヒステリックな声が追いかけてきた。

「颯斗さん待って、待ちなさいよ！」

颯斗は無表情で振り返る。

「申し訳ありませんが、急いでいるので失礼します。用件は父にお願いします」

女性はぎりっと音が聞こえて来そうな程、歯をくいしばり睨みつけて来る。その激情は怖さを感じる程だった。

颯斗は咲良の手を引きながら足早に玄関を出て、ガレージに止めてある車に向かう。

彼がこんな風に強引な態度を取るのは初めてだ。

(それ程あの女性と関わりたくないんだろうな)

彼は車に乗り込み如月家の敷地を出るとようやく余裕ができたようだった。

申し訳なさそうな表情で横目で咲良の様子を見る。

「急なことで戸惑っただろ？　悪かった」

「驚きましたけど大丈夫です。彼女がお義兄さんのお見合い相手なんですよね？」

颯斗が暗い表情で頷いた。

「ああ、そうだ。彼女は五葉瀬奈といって、五葉銀行頭取の娘なんだ」

「五葉銀行……」

五葉銀行といえば誰もが知るメガバンクだ。

「如月リゾートとしては、五葉銀行との関係を強化して安定した融資を受けたい。そのための縁談だった。五葉銀行としても重要な取引相手だから、順調に話が進んでいたんだ」

「でも、彼女が颯斗さんを好きになってしまったんですね」

「如月リゾートに関わっていない俺と結婚しても意味がないのに、彼女はそんなことは気にしていないようだ。考えられない言動で両親も怒り心頭だが、五葉銀行との関係を考えるとあまり強く出られない」

颯斗は憂鬱そうに溜息を吐いた。

「でも颯斗さんが結婚したことを伝えられたので、さすがに諦めるんじゃないですか？」

「そうだな……」

気がかりがあるのか颯斗は浮かない表情だ。

彼は申し訳なさそうな目で咲良を見つめた。

「咲良と直接関わらせる気はなかったのに、まさか実家まで押しかけて来るとは思わなかった。嫌な思いをさせて悪かった」

「私なら大丈夫です」

「本当に？」

「はい。驚いてしまってあまり話せなかったけど、颯斗さんが私と結婚したのは、五葉さん対策なんだから、しっかり役目を務めます」

咲良の言葉に、颯斗はなぜか切なそうに目を細める。

「……ありがとう」

「いえ、協力できることがあったら言って下さい」

「ああ」

「それから気になったんですけど、お義兄さんは五葉さんとの縁談を断る気はないんですか？」

彼女が如月家に出入りするのは、義兄の見合い相手だからだろう。

「はっきり破談にしてしまえば、近づかなくなると思うんですけど」

「そうできたらいいんだが、簡単にはいかないんだ。兄も彼女には頭を悩ませているけれど、如月リゾートのことを考えると個人の感情では動けない」

「そうなんですね……」

義兄は責任感が強い人なのだろう。そして結婚はビジネスの一環として考えているのかもしれない。

「何もかも兄に押し付けたようで申し訳ないな」

心から思っているのだろう。颯斗の表情には苦悩が見えた。

「颯斗さんは悪くないと思います。お義兄様もそれは分かっているんじゃないでしょうか」

「そうだな、ありがとう」

如月家の人たちはとても仲が良くて、家族を大切にしているように見えた。

颯斗が優しい眼差しを咲良に向ける。

ふたりの間に流れる温かくて優しい空気のおかげか、五葉瀬奈の登場で落ち込んだ気持ちが浮上する。

「予定よりも早く切り上げたからまだ早いな。どこか寄りたいところはあるか？」

時刻はまだ午後三時。これから遠出をする訳にはいかないが、大人しく家に帰るのは勿体ない。

「それなら久し振りに霽月に飲みに行きませんか？　一旦車を置きに行ってから地下鉄で」

颯斗との結婚が決まって以降、何かとやることが多くて飲みに行けないでいた。

仕事のストレスはもう無くなったけれど、これからはストレス発散ではなく、楽しむために通いたい。

「それいいな」

颯斗の表情も明るくなる。

「マスターに結婚報告しないとな」

「きっと驚愕しますね。それか冗談だと思われるかも」

すっかり明るさを取り戻した車内でマスターの反応を予想し合いながら、楽しく過ごしたのだった。

久し振りの霽月では、マスターに結婚報告をして、お祝いのカクテルをご馳走して貰った。

ふたりで初めて飲んだカウンター席に並び、他愛ない話をする。

途中で咲良のスマホに着信が入った。美貴からだったので、颯斗に断りを入れてから応答する。

「はい」
《咲良ちゃん、今話せる？》
挨拶すらなく用件を切り出す様子は、普段の彼女とは違っていて心配になる。
「はい。何かあったんですか？」
《今日、取締役会が開かれて、金堂副社長の解任が決まったの》
「ええっ？」
信じられない報告に咲良はつい大きな声を上げてしまう。
颯斗の視線が咲良に向く。
《近い内に臨時株主総会が開催されて、正式決定するはず。咲良ちゃん良かったね。これでもう嫌がらせの心配はなくなるわ》
「は、はい……でもどうして？」
副社長は金洞商会で絶大な権力を誇っていた。それなのになぜ解任になるのだろう。
《情報漏洩の犯人が副社長だと確定したのと、社長と役員たちの強い意思で。社長がぽろっと漏らしたんだけど、どうやら外部からの介入があったみたい》
「外部の？」
《詳細はまだ分からないんだけど、進展があったらまた連絡するわ》

「はい、ありがとうございます！」

咲良は美貴にお礼を言って、通話を終えた。

突然の報告に、心臓がドキドキしている。

(これでもう副社長のことを恐れなくていいんだ)

いつどこで悪く言われているのか分からない現状は、やはり気分が悪いものだった。

ほっとしていると、颯斗と視線が重なった。

「よかったな」

優しい声音に、ますますうれしくなる。

「聞こえていたんですね。本当によかった、これで安心です」

「ああ」

颯斗も咲良をうれしそうに見つめている。

「私の疑いも晴れたんです。どうやら外部からの働きかけがあったみたいで……」

颯斗に説明をしようとしていた咲良は、はっとして言葉を飲み込んだ。

「……もしかして、颯斗さんが？」

副社長を解任に追い込む手段と、コネクションがある人なんて滅多にいない。

そして咲良の冤罪を晴らしてくれる人は、彼以外に思いつかない。

「妻を傷つけた奴を許す訳にはいかないからな」

不敵に笑って彼が言う。

咲良はそんな颯斗に見惚れ、上手く言葉が出てこない。

「……ありがとうございます」

「当然のことをしただけだ」

(颯斗さん……)

胸の奥からこみ上げるものがあり、咲良は泣き笑いになった。

女性として愛されなくても、自分はとても大切にされている。

「うれしいです……ありがとう颯斗さん」

自分は幸せだ。颯斗へ感謝しながら、心の片隅にある切なさはしまい込んだ。

九月一日。とうとう咲良の転職初出勤の日がやってきた。

初めて社会に出る訳ではないのに、昨夜から緊張して心臓がドキドキしている。

新しい職場で上手くやっていけるのか。悲観している訳ではないがやっぱり不安で落ち着かない。

「そんなに緊張しなくても咲良なら大丈夫。いつも通りにやればいいんだ」

「いつも通りって言われても、金洞商会とキサラギワークスじゃ全然雰囲気が違いますから」

はたして咲良は上手く馴染むことができるのだろうか。

咲良の他にも五人中途採用の社員が入社する。同期がいるのは心強いが、経営者の妻だと知られたら距離を置かれないだろうか。

「そろそろ行こう」

「はい」

玄関で靴を履き、姿見で全身のチェックをする。入社初日らしいシンプルなライトグレーのスーツと書類を仕舞いやすいバッグを選んだ。身だしなみは問題ない。

「私が颯斗さんの妻だって知ってる社員はどれくらいいるんですか？」

「さあ、ほぼ全員じゃないか？」

「えっ？　キサラギワークスって百人以上いますよね？」

起業四年で社員数百人越えと、内定式で聞いた覚えがある。

それなのに全員とは、いったいどういうことなのか。

「うちの会社は風通しがいいんだ。情報は迅速に伝達する」

「そんなプライベートな話まで……」

覚悟はしていたものの、いきなり注目されていそうで怖い。

戦々恐々になる咲良に、颯斗は苦笑いだ。

「大丈夫。ただの新入りとして忖度なく指導してくれと言ってあるから」

「それならいいんですけど」

しかしそれはあくまで表向きの話ではないだろうか。

（金洞商会のときは役員は絶対権力者だったけどな）

社長夫人が来社したときは、皆神経を張り詰め対応したものだ。

「咲良、行くぞ」

颯斗に促されて駐車場に向かう。彼は車通勤をしており、同じ家から通う咲良も彼がいるときは、自動的に車通勤になるのだ。

初日から遅刻してはしゃれにならない。咲良は急ぎ助手席に乗り込んだのだった。

キサラギワークスは、赤坂エリアに立つ複合オフィスビルの東館十階部分を賃貸契約している。

これからの成長を見込んで選んだそうで、社員数約百名にしては広すぎるスペースだ。

メインフロアには、開発部と営業部門に所属する人々の席がある。

入社前の手続きのときにさらりと見学はしたものの、改めて最新式のオフィスの素晴らしさに咲良は唸った。

グレーのマットが敷かれたフロアは高級感があり、フロア中央にはハニカム構造の木目調のデスクが置かれている。窓際にはカウンター型のデスクがあり、奥にはまるでカフェのようなソファスペースだ。

リラックス効果を狙っているのか、観葉植物があちこちに配置されている。咲良が持つオフィスのイメージとは大違いだ。

その最新オフィスの中央に立ち、咲良は緊張しながら自己紹介をしなくてはならない。

「如月咲良と申します。前職は菓子メーカーの金洞商会で役員秘書を務めていました。他業種への転職になりまだ分からないことばかりですが、一日も早く戦力になれるように精一杯頑張ります。どうぞよろしくお願いいたします」

心臓が口から飛び出しそうな緊張に耐えながら、深々と頭を下げた。

月に一度の全体ミーティング中でのことで、社員の八割程度が参加しているのだとか。

（うう、新人の頃より緊張するかも）

あの頃は勢いのようなものがあったし、失敗しても許される空気を感じていたが、中途採用ともなると話は違う。

社会人経験を積んだ者としての言動がシビアに求められるのだ。受け入れる側の基準も自然と高くなり厳しい目でチェックされる。

しかも颯斗の妻だと知られている訳だから、咲良の失敗は夫に影響するかもしれないと思うと、プレッシャーがすごい。

咲良の発言が終わると拍手が響いた。大きくもなく小さくもないごく普通の拍手音は、他の中途採用者と変わらない。今のところ、いい意味でも悪い意味でも特別扱いされている様子はなくその点はホッとした。

中途採用者六人全員の紹介が終わると、颯斗が一歩前に出た。

「新しいメンバーを加えて、キサラギワークスはより一層前進する。それぞれの力を存分に発揮して欲しい！」

彼の発言には一際大きな反応があった。それだけで彼が社員の尊敬を集めているのが見て取れる。

咲良も堂々と皆を引っ張る彼に尊敬の気持ちがこみ上げるのを感じていた。

キサラギワークスには、これまで秘書室という部署はなかったが、今回コーポレート部門に新たに秘書グループが設立された。

咲良はCEOの秘書として、連絡窓口やスケジューリング、付随する事務作業を行う。基本的には前職の業務と変わらなそうだ。

他の同期は開発部門など別の配属先だったため、新人は咲良ひとりだった。

部門責任者に挨拶を終えると、ひとりの女性が咲良に近付いてきた。

「はじめまして、五葉羽菜です。咲良さんが仕事に慣れるまでフォローするので、困ったことがあったらなんでも言って下さいね」

感じのよい笑顔の彼女は、とても可愛らしい顔立ちでありながら、咲良よりも十センチは長身で、ほれぼれするスタイルの持ち主だった。

「こちらこそよろしくお願いします」

(あれ？　この女性、どこかで見たことがあるような……)

「あっ！　もしかして以前に銀座のバーでお会いしたことがありませんでしたか？」

忘れもしない颯斗と初めて関係を持ったあの夜のきっかけになった女性ではないだろうか。

咲良の言葉に彼女はますます笑顔になった。

「覚えていてくれたんですね！　あのときはワインをかけてしまってすみませんでした。ちゃんと謝りたいと思っていたので、こうして再会できてうれしいです」

「こちらこそ。以前の件は本当に大したことではありませんし、気にしないで下さいね」

「そんなことないですよ。寛大で優しい方だなって思ってたんです。私の周りって気が強い人が多いから特に」

五葉羽菜は、頬に手を当ててはあと溜息を吐く。その様子はまるで以前、金洞副社長に悩まされていた咲良のよう。

（もしかして気難しい上司でもいるのかな……あれ、そういえば五葉って）

はっとして羽菜の顔を見る。先日強烈な出会いをした五葉瀬奈と同じ苗字。

しかし顔はまったく似ていない。切れ長で面長の大人っぽい顔立ちをした瀬奈に対し、羽菜は丸顔で童顔だ。

（性格も大分違うみたいだし）

ただ彼女が言った気が強い人物に、瀬奈は当てはまる気がする。

「あの……五葉さんにお姉さんはいらっしゃいますか？」

「よかったら名前の方で呼んで下さい。皆そう呼んでますから。姉はいませんけど、咲良さんは五葉瀬奈のことを気にしているんですよね？」

「そ、そうなんです。先日お会いしたんですが、羽菜さんと同じ苗字だったので、もしかしたら姉妹なのかもしれないと思って」

しかし瀬奈とも姉妹では無さそうで安心した。

（考えてみたら、颯斗さんが瀬奈さんの妹を雇う訳がないよね）

「瀬奈は私の妹です」

「えっ？」

ほっとした途端に、思いがけない事実を告げられた。

「妹？　でも瀬奈さんは私と同年代に見えたんですけど」

もしかしたら少し年上かもしれない。

戸惑う咲良に、羽菜は笑った。

「咲良さんは、私を年下だと思ってますか？」

「……違うんですか？　羽菜さんは二十代前半かと思ったんですが」

肌はシミひとつなくつるつるしているし、髪だってツヤツヤだ。見かけだけで判断したら羽菜は十代と言っても通用しそうだ。

「いえ、今年で二十八歳になります」

「に、二十八？」

「はい。ちなみに瀬奈は二十六歳ですよ」

咲良は気まずい思いで頭を下げる。

「そうなんですね。ごめんなさい失礼なことを言って」

「全然失礼じゃないですよ！　むしろ若いと言って貰えてうれしいですもん。あ、咲良さんお昼ご飯は持って来てますか？」

「いえ。持って来ていません」

初日なので様子を見るつもりで用意しなかった。

「それなら昼休みに近くのカフェに行きませんか？　この辺は結構おいしいお店があるので案内します」

「はい、ありがとうございます」

「話の続きはそのときに」

「……はい」

一段低い声で囁かれ、咲良はごくりと息を呑んだ。

羽菜は瀬奈と違って人当たりがいいし咲良に対して好意的だ。颯斗が雇用しているくらいだから、問題がない人物なのだろうけれど、何か含みがありそうな気がして不安がよぎった。

「では仕事をはじめましょうか。午前中はオフィスの詳しい説明と、使用するシステムの説明とか、組織についての確認あたりがいいですね」

「お願いします」

（今は余計なことを考えないで、仕事に集中しなくちゃ）

「まずは席に案内しますね。私たち管理部門のスタッフだけはフロアが違うんで、移動しましょう」

「はい」

羽菜の後に付いて挨拶をした広いフロアを一旦出て、半分くらいの大きさのフロアに入る。

「ここが私たちのフロアです。うちは基本的にはフリーアドレス制でその日の仕事状況で席を選べるんですけど、私たち管理スタッフだけはこのフロアで仕事をするルールです」

「それはセキュリティの問題ですか？」

「そうです。咲良さんの席はここになります。他部署との打ち合わせのときなどは、機密資料を持ち出さなければ向こうのフロアでも大丈夫です」

「分かりました」

スタッフ部門の席は、メインフロアとは対照的に平凡な横並びの配置だった。デスク自体は同じ木目調のものだ。

「役員四名の席は向こうに固まっています」

羽菜が示す方に目を向けると、ガラス張りの仕切りがあった。透けて見える先には颯斗と数人の男性が打ち合わせをしている。

「役員室なのに随分オープンなんですね」

「そうですね。でも移転前のオフィスは役員もみんなと同じフロアだったのでこれでも大分よくなりましたよ」

「本当に素敵なオフィスですよね」

「そうですね。少し残念なのがこのフロアは眺めがイマイチなんですよね」

羽菜が残念そうに零す。たしかに窓の向こうに見えるのは、同ビルの西館の壁ばかりだ。

「メインフロアの方は見晴らしが良かったですよね」

「そうなんです。でも生産性を高めるために、眺めがよいところは管理スタッフ以外の社員優先なんですって」

（颯斗さんらしいかも）

「では早速システムの説明をしますね。このノートパソコンは咲良さんに支給されたものなので自由に使ってください。セキュリティパスは……」

おっとりした口調の羽菜だが、仕事ぶりは要領よくてきぱきしていた。颯斗の専属秘書ではないが、その役割を担っていたようだった。

質問すると、迷いのない回答を貰える。咲良の教育係に選ばれた理由が分かった。

新たな知識を吸収することに集中しているうちに、あっという間に昼休憩の時間になっていた。

羽菜がランチに選んだのはオフィスから徒歩十分程のテラス付きカフェだった。

パンケーキとフライドチキンが人気とのことで、咲良はどちらも入っているセットとカフェラテを注文した。

羽菜はクラブハウスサンドとカルボナーラを選んでいた。見た目よりも食べるようで、咲良は目を丸くした。

「今日は咲良さんと交流を深めるために、長めに休憩を取る許可を貰っているんです」

「そうなんですね」

「まだ半日ですけど、どうですか？」

クラブハウスサンドをかじりながら羽菜が問う。

「社内のルールもシステムも前職と何もかも違うので慣れるまでが大変そうです。でも活気に溢れたオフィスで、やる気が湧いてきます」

まだ颯斗と仕事で関わることはないけれど、彼の仕事ぶりは多少目にすることができた。

「やる気があればすぐに馴染むことができますよ。システムが違っても秘書の仕事の基本は多分一緒でしょうから。むしろ秘書業務は私が教えて貰う立場です」

「羽菜さんは秘書として入社したんじゃないんですよね？」

「ええ。私が入社した当時はとくに決まった役目はなかったんですよ」

「そういう形の採用もあるんですか？」

「私の場合は特殊なんです。これは妹の話とも繋がるんですけど」

羽菜は話辛いのか一度言葉を切る。

「ここからはプライベートの話として聞いて欲しいんですけど」

一段と声をひそめる羽菜に、咲良はやや緊張して頷く。

「はい」

「咲良さんが妹に会ったのは、颯斗さんの紹介かなにかですよね」

咲良はそうだと相槌を打ったが、内心、羽菜が「颯斗さん」と呼んだことに驚いていた。

けれど考えてみたら、初対面の時も彼女は颯斗を名前で呼んでいた。だから咲良はふたりが恋人同士だと誤解したのだ。

(瀬奈さんとは険悪だったけど、羽菜さんとは親しいということ?)

「それなら妹と如月家との関係については聞いていると思うのでざっくりした説明にしますね。私の父が頭取を務める五葉銀行は以前から如月リゾートと取引をしてきました。その関係で個人間の交流もそれなりにあったんです。父は颯斗さんが独立起業したのを知ると、五葉銀行傘下のベンチャーキャピタル社を通じて出資しました。颯斗さんの才能を評価していたため将来性を見込んだんです」

羽菜の語る内容はなかなか複雑で理解するのがなかなか難しい。

(ベンチャーキャピタルって、ベンチャー企業とか未上場の小企業に出資して、成長後のリターンを利益にする会社のことよね?)

咲良は経営学は専門外だが、金洞副社長のお供で参加したセミナーなどで、そのような話を聞いた覚えがある。

出資金には返済義務がないため、ベンチャーキャピタル社からの出資を望む企業家は多いのだとか。ただ新たに立ち上がる企業数に対し、出資家は限られているので、誰でも恩恵を受けられる訳ではない。存在を知って貰うために注目を集める必要があるが、簡単ではないそうだ。

颯斗は元々面識があり能力を認められていたから、早々に支援を受けることができたのだろう。

「颯斗さんは父の申し出を受けて契約をしました。その時の条件のひとつが私をキサラギワークスに入社させることだったんです。当時のキサラギワークスは人件費を抑えていて新たな社員は必要としていませんでした。だから決まった役目がなかったんですよ」

「でも、どうしてそんな条件を？」

「ベンチャーキャピタル社が出資先に自社の社員を出向させることはよくあるんです。見張りのような意味もありますね。将来性がなかったら撤退もあるので」

「なるほど」

（つまり羽菜さんは、スパイのような存在ということ？）

咲良のそんな疑問を察したのか、羽菜が笑顔になった。

「心配しないでください。見張りというのは名目で、私にそんな気はないので」

「でもお父様に監視を期待されているんですよね？」

「そうですけど、全て言いなりになる必要もないので。私は颯斗さんを尊敬しているので彼の味方です」

断言する羽菜にほっとする反面、胸の奥が騒めいた。

（羽菜さんはもしかして颯斗さんのことを？）

そんな考えが浮かび、すぐに打ち消す。

彼女は仕事ぶりを尊敬していると言っただけなのに、曲解して動揺するなんてどうかしている。颯斗に対しても羽菜に対しても失礼だ。

「颯斗さんの奥さんになった咲良さんのことも応援しますね」

羽菜の目には純粋な好意しか見られない。つまらない考えを一瞬でも持ってしまった自分が情けなくなった。

「あの、驚きましたよね。颯斗さんと私が結婚したなんて」

彼女はバーでの様子を間近で見て、咲良と颯斗が出会って間もないという事実を知っている。普通では考えられない程のスピード婚だ。何か事情があると考えてもおかしくない。

ところが羽菜は迷わず首を横に振る。

「結婚までのスピードには驚きましたけど、結婚自体はそれ程驚きませんでした。あのときの颯斗さん、完全に咲良さんを狙っている顔していたし」

「え？」

羽菜の言葉に心臓がどくんと跳ねる。

(颯斗さんが私のことを？……いえ、そんなわけないよね。きっと羽菜さんの勘違い)

一瞬期待して弾んだ心を、戒める。

「だから私ひとりで先に帰ったんですよ」

「そうなんですか？　私はてっきり服が汚れてしまったからだと」

「服は咲良さんが綺麗にしてくれたから気にしてませんでした。でも私がいたら颯斗さんが咲良さんを口説けないかなと思って気を利かせたんです。颯斗さんには呆れられましたけど」

咲良の知らないところでそんなやり取りがあったとは。

「……お気遣いありがとうございました」

「いえいえ。でもあのチャンスを逃さず結婚まで漕ぎ着けた颯斗さんの手腕はさすがですよね。仕事だけでなく恋愛面まで完璧だとは。もっと堅物なタイプだと思ってたんですけどね」

羽菜はそう言いながら、クラブハウスサンドを完食し、カルボナーラを食べ始める。

咲良も話に気を取られて手つかずになっていたパンケーキを切り口に運んだ。

(羽菜さん完全に誤解しちゃってるみたいだな)

颯斗と咲良が恋愛結婚で結ばれた夫婦だと疑っていない。契約婚なのは他の人には秘密なので、否定する訳にはいかないが、騙しているような気まずさがある。

羽菜と目が合うとにこりと微笑まれた。とてもいい人だ。

「あの、このパンケーキすごく美味しいです」

お勧めされているだけあってフワフワしている。スフレといった方がいいかもしれない。

「気に入ってくれてよかった。また来ましょうね」

「はい、是非」

その後は他愛ない話で盛り上がり、一時間程滞在してからオフィスに戻った。

午後七時に初日の勤務が終わると、咲良は颯斗と待ち合わせをしている地下駐車場に向かう。

初出勤日の今日だけは、彼も仕事を調整して一緒に帰宅できるようにしてくれたのだ。

「初出勤はどうだった？」

咲良が助手席に座ると、心配そうに問いかけてくる。仕事中はそんな素振りは見られなかったけれど、実はかなり気にしてくれていたのだろう。

「あっという間でした。覚えることがたくさんだけど、これからが楽しみで仕方ないです」

「そうか」

颯斗はほっとしたような柔らかな表情をしてから、車を発進させる。

「今日は、咲良の転職初日祝いに行こうか」

「本当ですか？　うれしい！」

顔を輝かせる咲良に、颯斗がくすっと笑う。

「何が食べたい？」

「うーん……どうしよう、思いつきません」

本音を言うと、颯斗にお祝いして貰えるなら、どこでもいい。

颯斗は迷う咲良の様子を見て、くすりと笑う。

「それなら記念日に相応しいディナーにしようか」

「はい、それがいいです」

颯斗は車を一旦止めると、どこかに電話をした。会話の内容からレストランの予約をしているようだ。

短い通話を終えると、颯斗は自宅とは反対方向にハンドルを切った。


颯斗が予約したのは、ラグジュアリーホテルの高層階にあるフレンチレストランだった。

昨年世界のベストレストランに選ばれ、メディアで特集を組まれていたのを思い出す。

洗練されたスタッフに、煌びやかな東京の夜景が見下ろせる窓側の席に案内される。椅子を引いて貰い腰を下ろす。少し離れた隣の席には上品な初老の夫婦の姿があった。

華やかな気品を感じる店内に、セレブのように見える人々。

咲良は気後れして自分は場違いなのではないかと感じる程だったが、颯斗は場に馴染んでいる。

彼は咲良の好みを確認しながら、スマートにオーダーを済ませてくれた。

咲良は伝統的なフランス料理にあまり馴染みがないが、どの料理も思わず目を丸くするくらい美味しかった。

ペアリングのワインも口に合う。

ふと視線を感じて視線を上げると、颯斗が咲良を見つめていた。

その眼差しがとても甘く感じてときめきを覚える。

(こんな風に見つめられたら勘違いしそうになる)

もしかして自分は彼に愛されているのだろうかと。

もちろんそんなはずがない。

彼は契約妻の自分を尊重して大切にしてくれているだけだと分かっている。

それなのに、ふとした拍子に彼への想いが蘇りそうになる。

けれどその気持ちを打ち消した。深く考えたら辛くなると分かっているのだから。

咲良は気を取り直して口を開く。

「颯斗さん、今日は素敵な就職祝いをありがとうございます」

「楽しんでくれているみたいでよかったよ」

「はい。最高の記念日になりました。明日から一層頑張って働きますね」

「期待している。でもあまり無理はするなよ?」

釘を刺す颯斗に、咲良は素直に頷いた。

「キサラギワークスはよい会社ですね。颯斗さんが言っていたように風通しのいい会社で社員の人たちは役員相手でも物怖じしないで意見を言ってましたね。縦と横のコミュニケーションがよく取れていて、みんなやる気に溢れて、愛社精神を感じました」

「そうだな。みんなもっと会社を成長させようと力を発揮している。役員との溝が小さいのは少人数からスタートして成長してきたからだろうな。起業したての頃は役員室なんてなくて机を並べて仕事をしていたんだ」

颯斗は懐かしく感じたのか、楽しそうに目を細めた。

「転居前のオフィスはすごく狭かったそうですね。羽菜さんに聞きました」

「ああ。そういえば、咲良のフォローは羽菜だったな」

「……羽菜って呼んでるんですか？」

「昔からの付き合いだからな……どうかしたのか？」

咲良が黙ってしまったからか、颯斗が怪訝そうな表情になる。

「い、いえ……何でもないです」

笑って誤魔化したが、咲良の胸中はモヤモヤした感情に満たされていた。

このモヤモヤは嫉妬からくるものだ。颯斗が羽菜を呼び捨てにしたことで、ふたりの親密度を感じ動揺している。

（でも私が嫉妬する権利なんてない）

契約妻の立場で、夫の交友関係を気にして文句を言うなんて許されないのだから。

そもそも名前を呼び捨てにしたくらいで、過敏に反応しすぎている。

（気にしないようにしなくちゃ。嫉妬も厳禁。そうしなければ契約結婚なんて続けられないんだから）

内心溜息を吐きながら、ワイングラスを手に取り呷（あお）る。

濃厚なアルコールが喉を通るのを感じたとき、颯斗が何か言いたそうな顔をしていることに気がついた。

「颯斗さん？」

「……咲良、何か悩んでいるんだろう？　話してくれないか？」

「え？　いえ、私は……」

そんなことを言われるとは思ってもいなかったので、動揺してしまう。

「落ち込んでいることくらい分かる。俺は君の味方だ」

真摯な言葉が胸に染み込んで行く。

彼は義務感などではなく、本心から咲良を想ってくれている。

そう感じたからか、自然と口を開いていた。

「私、羽菜さんに嫉妬してしまったんです」

「嫉妬？」

おそらく予想していなかった答えだったのだろう。颯斗が驚いた表情になる。

咲良は僅かに頷いた。

「颯斗さんと羽菜さんがすごく親しく感じて……私の立場で嫉妬するなんておかしなことだと分かってはいるんですけど」

口にするとますます自分が契約違反な感情を抱いているのだと分かる。

「ごめんなさい、私変なこと言ってますよね。少し酔ったのかも」

「変なことなんかじゃない」

咲良が誤魔化し笑いを浮かべながらそう言うと、颯斗が即座に否定した。

彼の表情は真剣で、咲良は思わず息を呑んだ。

「颯斗さん……でも」

(私たちは普通の夫婦じゃないのに)

けれどそれは言葉にできなかった。

颯斗が醸し出す雰囲気が否定の言葉を許さなかったのだ。

颯斗もワインを楽しんだので車は駐車場に預け、タクシーで帰宅をした。

明日も仕事なので、シャワーを浴びた後はふたりとも直ぐに寝室に入った。

「颯斗さん、今日はすごく楽しかったです。本当にありがとうございました」

「ああ」

ベッドに入る前に改めてお礼を言うと、颯斗は微笑んだ。

その柔らかな眼差しに、咲良の胸が切なくときめく。

期待してはいけないと常に自分に言い聞かせているのに、彼の眼差しがあまりに優しいから、想いを捨てきれなくなる。

(私、今でも颯斗さんが好きなんだ……)

いくら誤魔化しても、自分の心は偽れない。

優しくて尊敬できて、いつも咲良を守ってくれる彼を、忘れるどころかますます好きになっている。

今にも思いが溢れて、言葉にしてしまいそうになる。

切なさが胸を満たしたそのとき、颯斗が腕を伸ばし咲良の体を引き寄せた。

「颯斗さん？」

抱きしめられて、逞しい胸に頬が当たった。

思いがけない状況に咲良の思考は真っ白になる。

(颯斗さん、どうして?)

一体なぜ彼がこんな行動をとるのか分からない。

動揺のあまり身動きが取れずにいると、背中に回っていた颯斗の腕が解けた。

未だ騒めく胸を抑えながら颯斗を見上げると、彼は切なそうな目で咲良を見つめながら顔を近づけてきた。

咲良の心臓がどくんと一際大きな音を立てる。

その直後、颯斗がはっとしたような表情になり、ぴたりと動きを止めた。

「は、颯斗さん?」

戸惑う咲良の声に、颯斗はどこか切なそうな笑みを浮かべた。

そっと手を伸ばして、咲良の髪に優しく触れる。

「今日は疲れただろ? ゆっくり休んで」

「……はい、颯斗さんも」

「ありがとう。お休み」

「お休みなさい」

咲良は動揺したままベッドに入り、布団にもぐり目を閉じた。

まだ心臓がドキドキしている。
(抱き締められて、一瞬、キスされるかと思った)
あのときふたりの間には、いつにない緊張感があった。
けれど彼は、急に我に返ったような顔をして、咲良から離れて行った。
(颯斗さんは、どんな気持ちだったのかな?)
咲良のことをどう思っているのだろう。
知りたくて仕方ないけれど、いくら考えても分からない。
結婚して初めての触れ合いに心が大きく揺れていた。

隣のベッドから静かな寝息が聞こえてくると、颯斗はそっと自分のベッドから抜け出した。
今夜はなかなか眠れそうにない。
寝室を出てリビングに移動する。
ソファに座りミネラルウォーターを一気に飲むと、火照っていた体が段々と鎮まっていく。

「危なかったな……」

颯斗は溜息と共に呟いた。

契約結婚という形で夫婦になってから、気持ちを抑えてきたが、先ほどの咲良の目を見ていたら、理性が保てなくなった。

だがそれも仕方がないと思う。

『私、羽菜さんに嫉妬してしまったんです』

好きな女にそんな風に言われたのだ。冷静でいられる訳がない。

咲良の前で、浮かれて舞い上がる心を隠して取り繕うので精一杯だった。

『颯斗さんと羽菜さんがすごく親しく感じて……私の立場で嫉妬するなんておかしなことだと分かってはいるんですけど』

寂しそうな表情をしながらも、契約結婚の夫婦としての距離をしっかり守ろうとする咲良は健気で、ますます愛しさがこみ上げた。

だからか、自分を見つめる咲良の目に恋情を感じてしまったのだ。

気付いたときには、彼女を腕の中に閉じ込めていた。

そのままキスをしてベッドに押し倒してしまいたい。

彼女が信じてくれるまで、愛を伝えることができたのなら。

咲良への想いが溢れ出し、気持のまま唇を重ねようとした。

直前で止めたのは、彼女が僅かに体を強張らせたことに気付いたからだ。

激情をなんとか抑えて彼女を解放したけれどぎりぎりで、迂闊にも無理強いをして、大切な彼女を傷つけてしまうところだった。

二人で過ごす時間が増える程、惹かれていく。

彼女が愛おしくて、他の男の目に触れさせたくない。

それだけに隠せなくなるのも時間の問題だと感じる。

今夜のように衝動的な行動を取ってしまうかもしれない。

（彼女に伝えよう）

態度で表すだけでなく、ストレートな言葉で。

咲良との信頼関係は深まっている自信がある。

颯斗の想いを。契約結婚というのは建前で、どうしても君を手に入れたかったのだと。

ひとりきりのリビングで颯斗は決意を固めたのだった。

五章　本当の夫婦

キサラギワークスに入社して、瞬く間に一ヵ月が経過した。

初めて使用する社内システムに苦戦したが今は大分慣れた。羽菜とも毎日接している内に親しくなり、今では大分気安くなった。

社内で飛び交う単語は馴染みのないものばかりで、話についていけない時もあるが、秘書の仕事ではこれまでの経験をしっかり活かせる。

「今回の手土産は何がいいのかな。咲良さんだったらどうやって決める？」

「接待の際の店の選択や手土産は、相手の好みに合わせます。喜んで貰えると雰囲気がよくなり、商談にも影響しますから。情報収集はＳＮＳなどでもできますが、実際お会いしたときに得る情報が一番強いです。それを踏まえて今回の手土産はチョコレートを選ぶといいと思います」

咲良は郵便物の仕分けの手を止めないまま、羽菜に自分の意見を述べた。

郵送した社屋移転案内が宛先不明で戻ってきたものや、旧住所から転送されたもの。全部署分を纏めて分けているので結構手間がかかる。

「どうしてチョコレート？　高級な和菓子とかの方が無難じゃないの？」

羽菜も同様に手を動かしつつ首を傾げる。

「実は今回訪問するＨＡＲＡＤＡの部長とは、前職のときにお会いしたことがあるんです」

「そうなの？　転職先でも関わるなんてすごい偶然」

羽菜の言葉に咲良は頷く。颯斗から今度ＨＡＲＡＤＡの流通管理システムを請け負うと聞いたときは驚いたものだ。

「といっても取引があった訳じゃないんですけど、一度だけ食事の席でご一緒したんです。そのときの部長の様子から和菓子よりもチョコレートだと断言できます」

あのとき、バニラアイスにチョコレートソースをかけたデザートを、非常に気に入っていた様子だったのだ。

「それならチョコレート以外の選択はないね。明日買いに行こう。でもどこのがいいかな」

「手土産に渡すものだから会社で部下に配ったりするかもしれないですよね。切る必要があるようなチョコレートケーキなどは避けて個別包装になっているのがベストです。いくつか候補があるので後で情報送りますね」

「分かった。会食が明日の十八時だから、午後に買い出しに行けばいいかな？」

「人気の品は完売していることがあるので、お昼前に行った方がいいかもしれないです」

羽菜は了解と言い、明日のスケジュールの午前十一時に買い出しの予定を入力する。

このように入れておくと、この時間には仕事を頼まれなくなる。

「買い出しはふたりで行きましょう。そのとき今後使えそうな店を教えて？」

「分かりました」

羽菜は年齢もキサラギワークスでの職歴も全て咲良よりも上なのに、柔軟に咲良の意見を聞いてくれる。

管理スタッフは元々最低限の社員数で回しているため、羽菜と協力して作業をすることが多い。一番身近な先輩がよい人でよかったと咲良は密かに感謝していた。

「そうだ。頼まれていた資料が届いてたんだった。咲良さん悪いけどそこにある封筒を開けて中身を開発担当に渡して貰えるかな」

「はい。仕分けのあとでいいですか？」

「うん」

咲良は作業のスピードを上げて処理を終えると、羽菜に依頼された通り封筒から中身を取り出す。かなり古い雑誌だった。資料として必要なのだろうか。

雑誌を手にメインフロアに向かい、すぐに見つかった開発担当に渡す。

「ああやっと手に入ったんだ。ありがとう……あ、帰るついでにこれを如月ＣＥＯに渡して貰っていいかな？」

開発担当が渡してきたのは颯斗が愛用しているペンだった。使ったまま置いていってしまったのだろう。

「お預かりします」

咲良は今度はペンを受け取り颯斗の下に向かう。彼は個室ブースで仕事中をすると言っていた。

メインフロアを出て廊下を進むと、コワーキングカフェにある個室のような部屋が並んでいる。

ＷＥＢ商談や集中したいときに使用する一人用の小スペースで、社員なら誰でも利用できる。シースルードアのため、外から中の様子が見えるものの、皆集中しているのか自分の世界に没頭している様子だ。

颯斗は一番奥の個室ブースでノートパソコンの画面を睨んでいた。かなり集中している様子が見て取れる。

出直そうかと考えたとき颯斗が突然ノートパソコンに向けていた視線を上げた。彼は咲良に気付くと柔らかな表情になる。それから咲良を手招きした。

「集中しているところ、ごめんなさい」

ドアを開きながら言うと、颯斗は「大丈夫」と言いながら席を立つ。

「咲良ならいつでも歓迎だ。それにそろそろ休憩を取ろうと思ってたところだ」

颯斗は上機嫌で言い、咲良の背中にそっと手を添えてカフェスペースに向かう。

自由に飲んでいいコーヒーサーバーや、軽食の販売機が設置されている寛ぎのスペースだ。ソファとテーブルがいくつか設置してあり、ところどころで社員が休憩をしたり、打ち合わせを行っていた。

IT企業やベンチャー企業はとにかく多忙な印象があったが、キサラギワークスは社員がリラックスできるような設備を積極的に取り入れている。

適度に休憩を取り余裕をもって仕事をしているように見えるが、その方が生産性が高まり結果として成果が上がるのだとか。

咲良たちはコーヒーを淹れてから、一番奥の席に着いた。

「これ開発担当から預かって来ました」

「ああ、開発に置き忘れていたのか。探してたんだ」

ペンを差し出すと颯斗はうれしそうに受け取った。

「そうだったんですね。すぐに持って来てよかったです」

「助かるよ」

颯斗はリラックスした様子でカップを口に運ぶ。

その所作はオフィスで仕事中とは思えない程優雅だ。

彼を見ているとなにげないところにこそ、育ちの良さが表れるのだと感じる。

それは羽菜にもいえることで、気さくで朗らかな彼女から急に高貴な雰囲気を感じるときがあり咲良は少し戸惑うことがある。

そんなことを考えていたが、颯斗の声で仕事モードに戻る。

「明日の午後はＨＡＲＡＤＡとの会食が入ってたよな」

「はい。会食は十八時から、場所は青山のフレンチレストランで変更はありません。先方にスケジュール変更なしと確認済です」

「へえ、フレンチになったのか」

「はい。ＨＡＲＡＤＡの部長は明らかに和食よりも洋食好きです。同行する部下の方の好みは分からないので、プリフィックススタイルのコースがあり評判がよいお店を選びました」

今回は具体的な商談という訳ではないので、ノートパソコンを開いて説明、なんて展開はないはずだから、料理や雰囲気を重視した。

「そんなことよく知っていたな」

意外そうにする颯斗に、咲良は一旦近くに人がいないことを確認してからひそめた声で返事をする。

「言いそびれていたんですけど、金洞商会のときにＨＡＲＡＤＡの接待をしたことがあるんです」

「……それは知らなかった。金洞商会とＨＡＲＡＤＡは取引関係ではなかったと思ったが」

「合意できなかったみたいなので」

こそっと伝えると、颯斗は複雑そうな顔になったが特に何も言わなかった。

「ＨＡＲＡＤＡとの会食終了予定時間は？」

「二十時の予定ですが、多少の融通は利くようになってます」

「分かった。咲良の明日の予定は？　何もないなら会食の後に落ち合いたい」

「私？　……プライベートですか？」

咲良が瞬きしながら問うと、颯斗は「そう」と頷く。

「私は仕事が終わったら真っ直ぐ家に帰るつもりでした」

夕食もひとりだから手抜きをして、帰宅途中にパンでも買おうかと思っていた。

「それなら自宅で待っていてくれ。以前話したと思うが幼馴染に咲良を紹介したい」

「ああ、颯斗さんと家族のように育ったって言う。分かりました、用意しておきますね」

咲良が快く了承したからか、颯斗はほっとしたように笑う。

「急で悪いな」

「大丈夫です。私も颯斗さんの幼馴染に会ってみたかったので」

「ありがとう。それじゃあそろそろ仕事に戻るか」

「はい」

颯斗と共に席を立つ。カップを片付けてそれぞれの仕事に戻った。

午後六時に仕事を終えた咲良は、パソコンの電源を落として席を立った。

颯斗は自席で他の役員と予定外の打ち合わせ中だ。咲良は残らなくていいとのことなので、先に帰宅して夕食を準備するつもりでいる。

(今日は早く終わったから、買い物をして帰ろうかな)

地下鉄に乗ると寂しい冷蔵庫の中身を思い出しながら買い物メモを作る。

最寄りの駅近くのスーパーでゆっくり買い物をしてから、なだらかな坂道を上り、自宅マンションに向かった。

夏が終わりかけて段々夜が早くなっている。

だから前方から近付いて来る人物の顔もよく見えず気付くのが遅れてしまった。

「金洞副社長……」

突然目の前に現れたかつての上司に、咲良は驚き歩みを止めた。

彼と顔を合わすのは、情報漏洩の件で責められた時以来だ。

「……ご無沙汰しております」

冤罪だと証明されたし、今更恨んではいないが、会いたい人ではない。

とはいえ目が合ってしまった以上、無視はできない。

軽く頭を下げると、金洞副社長は顔をくしゃりとしかめた。

これは彼が怒りを爆発させる前兆だ。

嫌な予感がこみ上げ、背筋に寒気が這いあがる。

同時に怒鳴り声が響き渡った。

「ご無沙汰だと？　お前のせいで俺はとんでもない目に遭ったっていうのに、なんだその言い方は！」

「お、落ち着いてください」

すっかり興奮状態の金洞副社長に、咲良は恐怖を感じた。口から唾が飛ぶほどの怒りようは、普通ではない。

身の危険を感じる程だったが、不運なことに通りがかりの人の姿もなく、薄暗い道の真ん中で咲良と副社長のふたりきりだ。

（どうしよう……）

恐怖から自然と後ずさりすると、副社長も距離をつめてくる。

「お前がやったんだろう？　汚い手を使って俺を陥れて、恨みを晴らしたつもりか！」

喚いているのではっきり言葉が聞き取れないが、副社長を解任された件で激怒しているのだと察した。

「俺は何もかも失ったんだ。それなのにお前はなんで幸せそうにしてるんだ！」

立場を失ったのは本当だが、完全な逆恨みだ。陥れられたのは咲良の方だというのに。

じりっと副社長が距離を縮めて来る。

「わ、私にどうしろというんですか？」

彼がここに来たのは、おそらく咲良が目的だろう。

文句を言いたいのか、それとも慰謝料を要求するつもりなのか。

「どうしろ？　お前も不幸の道連れにしてやる！」

副社長の目に狂気が宿る。咲良は本能的な恐怖を感じて、その場から駆け出した。

（早く……早くエントランスまで！）

自宅マンションはセキュリティが万全だ。

中に入ってしまいさえすれば、副社長が喚いても咲良に手を出せないはず。

必死に足を動かして駆ける。エントランスはもうそこなのに恐怖で足が震えているのかもつれてしまう。

副社長がいくら足が遅くても追い付かれてしまいそうだ。心臓がバクバク音を立てて苦しくて仕方ない。

（あと少し……）

そう思って油断したからだろうか。何かに躓き咲良の体は地面に放り出された。

「きゃあ！」

派手に転び強かに体を打つ。

「うっ……」

息が詰まってすぐに立ち上がれないでいると、足音が近づいて来てすぐ側でぴたりと止まった。

「面倒かけやがって」

恨みの籠った声が頭上から聞こえて来る。

心臓が凍り付きそうな恐怖に目を見開いたのと同時に、ぐいっと容赦ない力で髪を引っ張られた。

顔をしかめる咲良の前で、副社長はポケットからきらりと光るものを取り出した。

（ナイフ？）

信じられない現実に、咲良の体がガタガタと震える。

必死に逃げようとするが、力に差がありすぎて敵わない。

恨みに飲み込まれてしまったような副社長は普通ではなくて、これからどんな目に遭うのかを考えると目の前が真っ暗になる。

（颯斗さん……）

もしかしたらもう彼に会えないのかもしれない。

（どうせ一緒にいられなくなるのなら、好きだって言えばよかった）

後悔と諦めがこみ上げて、咲良はぎゅっと目を閉じた。

その時突然痛みが消え、引っ張られていた髪も自由になった。

「ぐわっ！」

潰れたような悲鳴が聞こえたと思ったら、体をぎゅっと包まれた。

「咲良、大丈夫か？」

余裕がない声は颯斗のものだった。

「颯斗さん！」

咲良は夢中で颯斗に抱き着いた。

颯斗が咲良を安心させるように抱きしめてくれる。

その温もりで恐怖で強張っていた体が段々熱を取り戻していく。

「颯斗さん……来てくれてありがとうございます」

安心したからか、ぽろぽろ涙が溢れ出す。

「間に合ってよかった。もう大丈夫だ」

「うん……」

それでも颯斗から離れられず、ぎゅっとしがみついてしまう。

彼はそんな咲良の頭を優しく撫でてくれている。

「こんな目には二度と遭わせない。俺が必ず守ってみせる」

優しくて力強い言葉だった。胸に抑えきれない想いが溢れ出す。咲良が涙にぬれた顔を上げると視線が重なった。

「私、もう駄目かと……颯斗さんと会えなくなったらどうしようって」

「そんなことは絶対に起きない。咲良がどこにいても俺が必ず助けに行くから」

「颯斗さん……」

「咲良を愛してる」

「え……」

思いがけない言葉に驚く咲良を見つめながら颯斗が言葉を続ける。

「初めて会ったあの日からずっと咲良を想っている」

「……本当に？」

どくんどくんと心臓が音を立てる。

「本当だ。一時も忘れられなくて、会いたくて、再会したときは本当にうれしかった。契約結婚を持ち掛けたのは、なんとしても君を手に入れたかったからだ」

「そんな……」

戸惑う咲良に、颯斗が優しい目を向ける。

「混乱させてしまったな」

「いえ、あの……」

「俺の気持ちを知っておいて欲しかったから伝えたんだ。咲良はこれまで通りに過ごしてくれたらいいから」

少しだけ切なそうな表情の颯斗で、咲良は自分の想いを伝えていないことに気が付き、首を横に振る。

「颯斗さんと二度と会えないかもしれないと思ったとき、すごく後悔したんです。本当の気持を伝えておけばよかったって……私、颯斗さんが好きです」

颯斗の端整な顔に驚きが広がっていく。

そして次の瞬間には、唇が重なっていた。

きつく抱きしめられながらの情熱的なキスを、咲良は目を閉じて受け入れた。

しばらくしてから体を離し、見つめ合った。

颯斗が咲良に向ける眼差しは優しさと愛しさに溢れている。咲良はうれしさと気恥ずかしさで頬を染めながら颯斗に問いかけた。

「あ、あの、そういえば副社長はどうなったんでしょうか?」

颯斗の登場ですっかり忘れていたが、副社長はどうなったのだろう。

（変な悲鳴が聞こえたのは覚えているんだけど）

「俺の顔を見たら一目散に逃げて行った。咲良に怪我がないか確認するのを優先したから追わなかったが、証拠はある」

颯斗はマンションのエントランスに目を向けていた。

「あ、監視カメラ」

「そう。警察に届けたら確認するだろう。でもそれは後でいい。まずは傷の手当てだ」

颯斗が咲良の肩を優しく抱く。

「傷？」

颯斗の視線を追うと、手の平に大きな擦り傷ができていた。

気を張っていたせいか気付いていなかったが、自覚するとじわじわ痛みが湧いてくる。

部屋に戻ると、颯斗は咲良をソファに座らせて丁寧に手当てをしてくれた。

「ありがとうございます。お風呂にはビニール手袋を付けて入らなくちゃ」

「そうだな。他に痛いところは？」

「大丈夫です。でも颯斗さんが来てくれなかったらどうなってたことか……本当に駆けつけてくれてありがとうございます」

「俺が咲良を守るのは当たり前だって言っただろ？」

颯斗が咲良の手をそっと取り、指先に口づける。

心から愛する妻に向けるようなその仕草に、咲良は頬を染めた。

「……私たち、両想いだったんですね」

思わず漏れた言葉に、颯斗が微笑む。

「俺は咲良に嫌われていると思っていたから、契約結婚でも妻にして、いつか振り向いてもらうつもりだったんだ。でももっと早く気持ちを伝えるべきだった」

「私も、もっと早く勇気を出せばよかった」

咲良の言葉に颯斗が満足そうに目を細める。

「契約結婚は今日で終わりだ。咲良、俺と本当の夫婦になってくれないか？」

「はい」

颯斗の手が優しく咲良の頬に触れる。

「愛してる」

囁く声と共にふたりの距離はゼロになり再び唇が触れ合った。

寝室に入るとすぐに、颯斗は咲良の手をそっと引き自分のベッドに引き込んだ。

固い筋肉で覆われた逞しい体の上に重なり見つめ合う。照れてしまうけれど、咲良の腰には颯斗の腕が回り身動きできない。

静かに唇が重なり合う。

初めは反応を窺うようだったキスは、徐々に濃厚なものに変わっていく。

触れ合う肌は熱を帯び、気付けば素肌で抱き合っていた。

長いキスの後、颯斗は色っぽい溜息を吐いた。

「いったん触れると止められなくなるな」

離れていたのはほんの数秒で、すぐに深く舌を絡め合う。

咲良の思考は真っ白になり、ただ夫が与えてくれる熱を感じていた。

一度火が付くと、今までどうして離れて眠っていられたのか不思議なほど離れ難くなる。

彼と体を重ねるのは咲良にとって至福の時間だ。それは体の相性がいいというのもあるだろうが、それ以上に心が満足しているのだと今はっきり感じた。

ただ彼が愛おしいと思う。

「……好き」

高まった気持ちが声になる。それはとても小さな声だったけれど、颯斗は聞き逃さず、咲良の体をなぞっていた手をぴたりと止めた。

「俺の方が愛してる。今からそれを証明するから」

色っぽく囁いた彼は咲良をぎゅっと抱きしめ、押し付けるように唇を重ねてきた。

「んんっ！」

何度も唇を重ねた後、額から瞼、耳元を絶え間なく愛撫される。

「ようやく手に入れた……もう離さない」

感情が溢れたその抱擁は息が止まるくらい強くて苦しいのに幸せだ。

本当の夫婦になったその日の夜、咲良と颯斗は心行くまでお互いを求め合った。


翌日。咲良と颯斗は朝一番に副社長の件について警察に相談に行き被害届を提出した。加害者が分かっているので、副社長の下に警察が行くのは時間の問題だ。

その後は急ぎ出社して普段通り仕事をする。

遅れて来た分慌ただしい。颯斗や他の役員から指示された文書作成や資料集めをできるところまで終わらせ、昼前には羽菜と共に手土産を買いに出た。

ついでにランチを済ませて帰社した後は、スケジュール調整や出張手配、秘書業務とは離れるが、労務担当の手伝いなど次々に仕事が入ってくる。

颯斗は金洞副社長と比べると格段に手のかからないボスではあるが、その分他の仕事があるので大変だ。

それでも咲良を尊重してくれる同僚たちと協力して仕事をするのは、やりがいがあり楽しかった。

颯斗と同行する開発担当に手土産を渡して見送った後は、仕事の残りを片付ける。

終業後、颯斗の幼馴染と会う約束があり、咲良は自宅で待機する予定でいたが、昨夜のことがあるので、念のため会社で颯斗の迎えを待つことになった。

仕事をしながら待っていると八時十五分過ぎに颯斗が帰社した。

彼はフロアに咲良ひとりなのを確認すると、近づいて来て微笑む。

「ただいま」

「おかえりなさい」

昨夜のことがあるからだろうか。ふたりの間にはたちまち甘い空気が漂い、咲良は恥ずかしくなって目を伏せた。

「仕事は終わった？」

「はい、だいたいは。もう出られます」

「それじゃあ、行こう」

咲良はパソコンの電源を落とし、荷物を持って立ち上がる。

当たり前のように颯斗に肩を抱かれてオフィスビルを出て待たせていた車に乗った。

「十五分くらいで着く。それまでに幼馴染について話しておくが、彼は甘玉堂の社長なんだ」

「えっ？　和菓子の甘玉堂？」

思いがけない情報に咲良は驚きの声を上げる。

甘玉堂と言ったら、経営難から瞬く間に立ち直った、金洞商会がライバル視していた企業だ。

キサラギワークスは、業務改善のためのサポート契約をしている。

「あ、もともと個人的な関係があったから、仕事でも契約を結んだんですね」

「そうだ。うちが提案した流通システムが上手く作用して甘玉堂は売上を伸ばした」

「もちろん知ってます。大躍進だって金洞商会でも話題になってたので」

「実は今回、ＨＡＲＡＤＡと甘玉堂が業務提携することになりそうなんだ。キサラギワークスは二社間の商流が円滑になるようなサポートをする」

「すごい……大きなプロジェクトになりますね！」

異業種の二社でどのような提携をするのかは分からないが、以前金洞商会が企画していたのと似たような内容の可能性が高い。

金洞商会の人々が知ったら気分が悪くなりそうだけれど。

「仕事が始まったら咲良も連絡を取り合うことになるから、先にプライベートとして紹介しておきたいんだ」

だから、急いで会う機会をつくったのかと咲良は納得して頷いた。

「それに幼馴染も咲良に早く会わせろとうるさかったんだ」

「私に？」

「ああ。俺が一目惚れした奥さんと話すのが楽しみだそうだ」

甘く見つめられて、咲良の顔に熱が集まる。

「一目惚れなんて、プレッシャーを感じてしまいます」

「大丈夫。咲良は誰よりも綺麗だよ」

「……あまりからかわないで」

「本心だけど？」

照れる咲良に、颯斗は素知らぬ顔をする。

頬を膨らませながらも、胸の中には喜びが広がっていた。

幼馴染の自宅は住宅街の中にある高い塀に囲まれた日本家屋の邸宅だった。

瓦屋根の立派な門にも驚いたが、その先の玄関までの距離も予想以上だった。

「すごい家ですね、昔の武家屋敷みたい……」

さすがは歴史ある甘玉堂の経営者の屋敷だ。

「本人は維持管理が負担だといつも愚痴をこぼしてる」

「たしかに庭の手入れだけでも大変そうかも」

門を通り左手には、石灯籠や手水鉢がある本格的な日本庭園が広がっている。

玄関に辿り着くと、大きな引き戸が待ち構えていたようにゆっくり開き出した。

(見かけによらず自動ドア？)

驚く咲良の前で引き戸が開ききり、濃紺の着物姿の男性が現れた。

すらりとした体形で身長はちょうど咲良と颯斗の中間くらい。切れ長の目とすっと通った鼻梁が涼し気な印象を与えている。前髪と襟足が少し長めの個性的なヘアスタイルであるものの、彼にとても似合っている。着物姿だからか、和のイメージが強い人だ。

(この人が颯斗さんの幼馴染で甘玉堂の社長？)

「いらっしゃい！」

「お前、わざわざ出迎えるなんて、どうしたんだ？」

彼の登場は颯斗にとっても予想外だったようで、顔が引きつっている。

「今日は奥さん連れだから歓迎しようと思って」

颯斗は呆れたような表情をしてから、咲良に男性を紹介した。

「咲良、彼が俺の幼馴染の深見朔朗だ。朔朗、妻の咲良だ」

「咲良ちゃん、よろしく。今日は来てくれてありがとう」

颯斗の言葉に合わせ、朔朗が親し気に微笑む。

初対面とは感じさせないフレンドリーな態度だ。きっと人当たりのよい性格なんだろう。

しかし佇まいには隠し切れない品が滲み出ていて、この歴史がありそうな邸宅の住人に相応しい。

「こちらこそお招きいただきありがとうございます」

日中の外出時にデパ地下で買っておいた手土産を渡すと朔朗は「ありがとう」とテンション高く受け取った。

「うれしいな。咲良ちゃんとは名前も似てるし、仲良くなれそうだ」

「そ、そうですね」

咲良が想像していた人物と少し違っているけれど。

「さ、入って」

「お邪魔します」

門構えを見て予想していたが、玄関が驚くくらい広い。まるで旅館だ。

かなり古い建物のようだがリノベーションされている様子はなく、部屋の中も地方の旅館の雰囲気がある。

通された応接間までは、きしきし音がなる細い廊下を進んだが部屋の中は驚くくらい現代風に壁のクロスもフローリングも新しいものが使われていた。

（ギャップがすごいわ）

「お茶を淹れてくるから適当に座って」

「あ、お構いなく」

咲良の言葉に朔朗はひらひら手を振りながら、応接間を出て行った。

「咲良、大丈夫か？」

「……はい」

咲良の困惑に気付いているようで、颯斗は気まずい顔をしている。

「あいつも普段はもう少し落ち着いているんだが、今日は咲良がいるからはしゃいでるみたいだ」

　颯斗がはあと溜息を吐く。

「気さくな人で緊張が解けたので助かりました」

「それならいいが」

　颯斗は苦笑いだ。

　しばらくすると、大きなお盆を手に朔朗が戻ってきた。

「お待たせ。咲良ちゃんお腹空いてない？　お茶に合ううちの商品をいくつか持ってきたから」

「ありがとうございます」

　朔朗を手伝ってお盆からお茶と本格的な和菓子をテーブルに並べる。

　甘玉堂は元は伝統ある和菓子の店でもあるため、どれも美味しそうだ。

　しばらくお茶菓子を楽しみ朔朗との会話に慣れた頃に、颯斗が表情を引き締め切り出した。

「ＨＡＲＡＤＡとの話は纏まりそうだ」

　朔朗の顔が明るくなる。

「よかった。これでますます儲かるね！　颯斗のおかげだよ」

「颯斗さんが二社を繋いだんですか?」

咲良の疑問に颯斗が首を振って否定する。

「ここ数年和菓子が世界的にも評価されているというニュースは聞いたことがあるか? 注目の高さから大きなイベントが開催され、甘玉堂も参加し人気を得たんだ。その結果HARADAから商品提携の申し出がきた」

「HARADAの方から? それはすごいですね」

知名度でいえば、HARADAの方がずっと上だ。それでもコラボを提案するのは甘玉堂のイメージがいいからだろうか。

「うちとしては大歓迎でもちろん話を受けたんだけど、流通にトラブルが発生してね。うちは昔ながらの店舗が多いから颯斗の会社にサービスを依頼するまで全国一括で在庫管理なんてしてなかったし、パソコンのスキルもない従業員の方が多いからHARADAが提示するやり方に馴染めそうになかった。いっそのこと颯斗の会社に間に入って貰ってシステムを整えて貰った方がいいと思って相談してたんだ」

・颯斗の説明に補足するように朔朗が言った。

「なるほど。トラブルというか現場の担当者がHARADAの要求に対応する管理スキルがないから、困っていたんですね」

「そうそう。上手く解決しそうだからよかったよ」

仕事の話はそこで終わり、話題は咲良たち夫婦についてに変わる。

和やかに話すにつれて、朔朗がうれしそうな表情になっていく。

「ふたりは仲良くやっているみたいだね」

「はい」

「よかった。安心したよ」

「安心ですか？」

首を傾げる咲良に、朔朗が大きく頷く。

「うん。俺は颯斗がこのまま報われない恋を……」

「朔朗、余計なこと言うな」

何か言いかけた朔朗を、颯斗が遮った。そんな風に強引な言い方をするのは家でもオフィスでも見たことがないため驚いたが、それだけ心を許している幼馴染ということだろう。

その後言い合いを始めたふたりを、咲良は微笑ましく眺めたのだった。

プライベートでは夫婦仲はますます深まり、仕事は順調と充実した日々が過ぎていた。

本当の夫婦になった日を境に、颯斗の態度はかなり変化した。

優しさや気遣いは変わらないものの、物理的な距離に遠慮がない。

仕事以外の外出時は当たり前のように肩や腰を抱くし、自宅でも何かとスキンシップをしてくる。

咲良も彼と触れ合うのはうれしいので、応じる形で気付けばやたらと密着している。

契約結婚夫婦として過ごしていた頃の颯斗は、相当咲良に気を遣い、距離を保っていたのだとしみじみ思う日々だ。

「颯斗さん、私はそろそろ寝るね」

夜十一時。リビングのソファで本を読んでいた咲良は、あくびを噛み殺しながら立ち上がった。

「ああ、もうこんな時間か」

隣でタブレットを眺めていた颯斗も咲良に続く。

「颯斗さんももう寝るの？　珍しいですね」

彼は早めに帰宅した日も大抵、本を読んだり調べものをしたりする。知識を深め、最新の情報を収集するのは、仕事をするうえで必須だからだそうだ。

既に成功しているのに慢心せず努力する姿勢は咲良にとってもよい刺激になる。彼に倣って、先日から以前挫折した英語の勉強を再開した。

夕食後に家事と入浴、リラックスタイムを終えた後に僅かな時間だが、コツコツ続けることが大切だと思っている。

咲良がリビングのローテーブルで勉強するようになると、颯斗も咲良の近くで読書をすることが多くなった。ふたり共無言で自分の作業をしている状態だけれど、同じ空間にいるのが心地よくて、咲良が密かに楽しみにしているひとときだ。

ただ咲良は十一時頃になると睡魔が襲って来るので、先に寝室に行く。

颯斗はしばらく残っていることが多いが、今夜は疲れてしまったのだろうか。

(颯斗さんは体力に溢れてるけど、最近寝不足が続いているからね)

先日新たに業務を請け負ったHARADA以外にも新規案件が同時進行しており、会社は成長を続けている。

たまにはたっぷり睡眠をとった方がいい。

寝室の入口に近いベッドが颯斗、奥を咲良が使っている。

颯斗のベッドの前で「お休みなさい」と声をかけてから自分のベッドに向かおうと

すると、颯斗に背後から抱きしめられた。

　驚く間もなく彼のベッドになだれ込み、瞬く間に組み敷かれる。

「颯斗さん？　眠かったんじゃないの？」

　囲うように腕をつき見下ろしてくる颯斗に、咲良は戸惑いながら問いかけた。

　颯斗は眠気などまったく見られない、強くそして優しい眼差しで咲良を見下ろす。

「油断している咲良を見てたら襲いたくなった」

「家で油断するのは当たり前なのに……」

　クレームを入れると颯斗はなぜか喜んでしまった。

「以前は俺を警戒してただろ？　それなのに今は可愛いあくびまで見せてくれるようになった。心を許してくれているんだって実感したら、ますます咲良が愛しくてたまらなくなったんだ」

　そんな風に言われたら拒否できない。ついさっきまで感じていた睡魔も今はどこかに消えてしまった。

（寝不足気味だけど、新婚だし）

　結局咲良もいつだって颯斗を強く求めているのだ。

　咲良が颯斗の背に腕を回すと、それを合図にふたりの体がぴったりと重なった。

こうやってふたりで過ごす時間がうれしくて、微笑み合いながらキスを交わす。

「今日はこのまま一緒に寝よう」

颯斗が咲良の腰をぎゅっと抱き寄せる。

「狭くないですか？　しっかり休まないと明日の仕事に障るんじゃ」

彼は長身でただでさえベッドが小さく見えるのに、咲良が隣にいたら窮屈ではないだろうか。

「咲良を抱いて眠る方が心が休まる。でも大きなベッドに買い替えるのもいいな」

そうすればいつもふたりで抱き合って眠れる。颯斗が耳元で甘く囁き、咲良のパジャマの下から、そっと手を差し入れた。

肌を直接撫でる手がこれから始まる甘美な時間への期待をもたらす。

（明日も寝不足になってしまいそう）

咲良は熱を持ち始めた夫の体を抱きしめた。

◇◇

結婚して三カ月が過ぎた。

咲良とは颯斗が願っていた通り本当の夫婦になることができた。想いを伝えあってからは、愛情深い関係が築けている。

今もふたりで眠るには狭い颯斗のベッドに、すやすや寝息を立てる咲良がいて、颯斗は幸せを噛み締めていた。

腕の中の温もりが愛しくて、颯斗の心と体を癒してくれる。

咲良と結婚できてよかったと心から思う。

幸せを感じていると、颯斗より一回り以上小さな体が身じろぎした。

「……ううん……」

そろそろ起きるのだろうか。見守っていると彼女の瞼が震えゆっくり開いた。

「おはよう」

声をかけると咲良は眠そうに瞬きをしてから、うれしそうな笑顔になった。

「颯斗さん、おはようございます」

「体調は？　疲れてないか？」

昨夜は少し無理をさせてしまったかもしれない。朝になると反省するが、抱いているときはなかなか抑えるのが難しい。自制心には自信があったはずなのに、妻の前では通用しない。

「ぐっすり眠ったから大丈夫……今、何時？」

「六時五分前だ」

「ちょっと早く起きすぎたけど、二度寝するには遅いなあ……」

中途半端だと残念がる咲良の体を、颯斗は腕に力を入れて抱き寄せた。

「それなら、しばらくこうしていようか」

「颯斗さんったら」

咲良は仕方ないなとでも言うように笑いながら、颯斗を抱き返してくれる。

朝の幸せな一時だった。

「如月CEO、今日は咲良さん休みですか？」

打ち合わせ後の軽い談笑中に、部下の開発担当者がそんなことを聞いてきた。

「いや、外出中だ。来客が忘れ物をしたんで届けに行った」

「そうなんですね」

「先方に取りに来て貰っても良かったんだが、他にも用があるからと言っていたな……彼女に何か用があるのか？」

最近は咲良のところに問い合わせに来る社員が明らかに増えた。秘書としての業務以外に総務や人事担当の仕事も手伝っているからだろう。

「急ぎではないんですけど、補助金の申請の件で確認したいことがあったもので」

「そうか。午後には戻ると思う」

「ではその頃訪ねてみます。ありがとうございました」

どうやら妻は頼りにされているらしい。彼女が会社に馴染み生き生きと働いている姿を見るのは、夫としてうれしい。

開発担当者と別れ、上機嫌で役員ブースに戻る。しばらくすると、コンコンとノックの音がした。

心理的にもインテリア的にもオープンにしたかったために選んだ透明なドアのため、返事をする前に、ノックをしたのが羽菜だと分かるし、目も合った。

羽菜は明らかに浮かない表情で、颯斗は怪訝に思いながら中に入るように手招きする。

「失礼します」

羽菜はすぐに入って来て、颯斗のデスクの前に立ちどまった。

「どうかしたのか？」

もしかして咲良に何かあったのだろうか。

颯斗の問いかけに、羽菜は少し驚いた様子を見せた後、「いいえ」と首を振る。

「少し気になることがあって」

「気になること？」

「実は瀬奈の様子がおかしいの」

「どんな風に？」

五葉瀬奈の言動が一般的な常識の範囲内から逸脱しているのは今に始まったことじゃない。

彼女は非常に自己愛が強いのか、自分の感情を最優先しその結果周囲が傷ついても問題にしない性格だ。だからこそ見合い相手の前で、他の男と結婚したいなんて気遣いの欠片もない発言ができるのだ。

颯斗は瀬奈を内心嫌悪しているが、如月家の立場を思うと無下にはできない。

特に兄は後継者として、私情を挟まずよい関係を築くために努めている。だからこそ颯斗が厳しく拒絶して、関係悪化を招く事態は避けたくて距離を置くだけにとどめている。

「まさかまた兄に非常識な発言をしたのか？」

「ううん。彰斗さんとは直接関係はないんだけど……最近瀬奈が友人達に変なことを言い回っているの。颯斗さんは近い内に離婚して、私と結婚することになるって」

「なんだと?」

妄言にしてもあり得ないし腹立たしい。つい険しい顔になってしまうと、羽菜が気まずそうな顔をする。

「嘘は駄目だって窘めたんだけど、私の言うことなんて聞かないから。それで問題は瀬奈の友人がその嘘を信じていて、更に周囲に広めてるところなの。咲良さんの耳に入ったらショックを受けるんじゃないかと心配で」

「そうだな。何か対策を考える。情報助かった」

「私も何かできたらいいんだけど」

「いや、羽菜は巻き込まれないように知らないふりをしていた方がいい」

瀬奈は羽菜の妹であるが、五葉家の家庭事情は少々複雑で羽菜と瀬奈は異母姉妹だ。現在の五葉夫人は瀬奈の実母なことから、瀬奈の意向ばかりが優遇されている。羽菜にとってはよくない環境だ。

「でも颯斗さんも瀬奈と険悪になる訳にはいかないでしょう?」

羽菜が不安そうに言う。彼女がここまで慎重になっているのは、キサラギワークスが五葉銀行傘下のベンチャーキャピタル社の出資を受けているからだ。

瀬奈の機嫌を損ね、彼女の父の五葉氏を怒らせたら今後の出資がなくなり、会社運営に支障が出るかもしれない。それを心配しているのだろう。

「経営に関してなら心配は要らない」

「でも……」

「五葉さんがキサラギワークスを見込んで出資してくれたことには感謝している。だがいつまでも続くものとは考えていない。リスク管理はしている」

特に瀬奈が颯斗に目を付けたときから、颯斗自身は近い内に五葉家との縁を切る覚悟を持ち準備して来ている。

「父からの出資を断るということ？　そんなことをしたら怒り狂うんじゃない？」

羽菜がぶるりと身震いする。怒った父親が嫌がらせをすると思っているのだろう。

「もちろん恩をあだで返す訳じゃない。五葉さんには出資して貰った以上の利益を返すつもりだよ」

「どうやって？　そんなことが可能なの？」

「そのうち分かる」

羽菜は心配そうにしていたけれど、颯斗がそれ以上何も言わないと悟ったのか、部屋を出て行った。

六章　夫婦のすれ違い

咲良が外出から戻ると、羽菜が何やら険しい表情で会話をしている様子が視界に入った。

(何かあったのかな?)

ふたりが深刻そうだからかやけに気になってしまう。

仕切りが透明なため視界はクリアだが、それなりに防音効果があり声は一切聞こえてこないから予想がつかない。

かと言って呼ばれてもいないのに割り込むわけにはいかないので、咲良は颯斗たちから目を逸らし自席に着いた。

外出中に来たメールのチェックや、依頼されていたデータ収集を行っていると、ようやく羽菜が戻ってきた。

「あれ?　咲良さんもう戻ってきたの?」

羽菜は咲良がいることに驚いている様だ。

「はい。思っていたより早く用事が終わったので」

「そうなんだ、早く終わったのならよかった」

羽菜の声はいつもよりも高く上擦っているようにすら感じた。明らかに普段と態度が違う。

「あの、何かあったんですか？」

羽菜は一瞬気まずそうな表情になった。咲良には関わって欲しくない内容なのだろうか。

「その、羽菜さんも颯斗さんも深刻そうだったからトラブルなのかと思って」

「ううん。そうじゃなくて、ちょっとした報告をしてただけなの。だから心配しないでね」

羽菜は否定しているが、反応から咲良には知られたくない内容だったことは明らかだった。

「分かりました。私がお手伝いできるようなことがあったら言ってくださいね」

何とも言えない寂しい気持ちに苛まれながらも、咲良はそれ以上追及せずに話を切り上げた。

心配するなと外された以上、いつまでも拘っていても仕方がない。

外出して溜まった仕事に着手する。集中していると余計な考えは消えて、あっという間に時間が流れていく。

疲労を感じてふと時計を見ると、午後五時を指していた。

咲良は席を立ち颯斗のところに向かう。毎日大体この時間に明日のスケジュールの最終報告をしているのだ。

「如月ＣＥＯ、明日のスケジュールなんですが一部変更があります。午前十時からの顧客打ち合わせが先方の都合で延期になりました」

「分かった。空いている時間に入れられそうな仕事は？」

「開発部門でのミーティングがありますけど、入られますか？」

「そうしよう。それから今夜なんだけど」

颯斗が声をひそめた。これはプライベートの話になるサインのようなものだ。

「遅くなるから、先に寝ていて」

「残業するの？　夕食になりそうなもの買ってきましょうか？」

この後の予定はとくに入っていないが、溜まった資料の読み込みや、新たな企画を練ったり、会社運営について考えるために彼はひとりで作業することがある。

だから今日もそうだと考えたが、颯斗は気まずそうに断ってきた。

「人と会う約束があるんだ。食事も済ませてくるから咲良も今日はゆっくりしてくれ」

優しい言葉だったが、咲良は胸が騒めくのを感じた。

「……その用事ってさっき羽菜さんと話していたのと関係があるんですか？」

「え？　ああ、見ていたんだな……いや、関係ない。社外の知人との約束だ」

「もしかして何か困ったことでも？　あの、実家の件とかで」

だから羽菜と深刻そうに話していたのではないだろうか。

「違うから咲良は心配しないで大丈夫だ」

颯斗の声音は穏やかながらも、はっきりと否定しそれ以上語ろうとはしなかった。

「でも……いえ、なんでもないです」

踏み込んではいけない壁ができたような気がして、咲良はそれ以上に何も言えなくなってしまった。

「駒井さん、お久しぶりです。あ、すみません今は如月様でしたね」

久々に顔を出した霽月のマスターにそんなことを言われ、咲良はクスッと笑みを零した。

「大丈夫です。それに夫と来たとき分かり辛くなりますよね。よかったら咲良と呼んでください」

時間が早いためか、客はまばらで、マスターは咲良をカウンター左端の席に案内した。

「ジントニックをお願いします」

そう時間を置かずに出されたジントニックを口に運びながら、咲良は頬杖をついた。

（颯斗さん、どこに行ったのかな……誰と一緒なんだろう）

夫婦だからと言ってお互いの交友関係の全てを把握するのは無理だ。咲良だって颯斗に紹介した友人は数人だけだし、それが問題だとは考えてもいなかった。

けれど今、自分の知らないところで知らない誰かと過ごしている夫のことを思うと、寂しさがこみ上げる。

（疎外感のようなもの？）

日中、颯斗と羽菜の様子は明らかにおかしかった。それなのにふたりとも咲良には事情を話してくれなかった。

思い出すと気分が沈む。

最近は毎日が幸せだったから、こんな気分は久し振りだ。

自分は少し拗ねているのかもしれない。

このモヤモヤを解消したくて、仕事が終わるなり急ぎ霽月にやってきた。

とはいえ、あまり飲みすぎると颯斗に心配をかけてしまうだろうから、ほどほどにお酒と料理を楽しんでリフレッシュしてから帰宅するつもりだ。

ホタテのソテーと牛蒡のサラダなどを頼み、久々のマスターの料理を味わう。

ときどきマスターと世間話をしながら、一時間程のんびり過ごしていると、段々気分がよくなってきた。

我ながら単純だなと苦笑いしつつ帰り支度を始めていたとき、思いがけずに呼びかけられた。

「咲良ちゃん？」

振り返ると、そこには颯斗の幼馴染である朔朗が驚きの表情で佇んでいる。

「朔朗さん？　どうしてここに？」

「ドタキャンされて時間が空いたから飲みに来たんだ」

朔朗は素早く店内を見回してからマスターに許可を得て咲良の隣の席に座る。

「咲良ちゃんはひとり？」

「はい。以前からときどき飲みに来てるんです」

「そっか。たまにはひとりで飲みたいよね」

「そういう訳ではないんですけど……」

否定したものの、朔朗は楽しそうに話を進めてしまう。

（これじゃあ、私が颯斗さんを置いて飲みに来たみたい……でもまあいいか）

お酒の席で、細かいことをいちいち言う必要はないだろう。

「朔朗さんもよく来られるんですか？」

「うん。結構長く通ってる。最近は忙しくてあまり来られなかったけど。そうだ、颯斗に紹介したのも僕なんだよ」

「それは知りませんでした」

「落ち着いた雰囲気が颯斗に合ってるみたいだね。あいつも忙しいから、癒しを求めてたんじゃないかな。起業したての頃なんて駆け回っていたからね」

幼馴染だけあって颯斗の事情をよく知っていそうだ。

「そういえば咲良ちゃんは、颯斗の兄にもう会った？」

「はい。先日颯斗さんの実家にお邪魔したとき、お義兄さんと五葉瀬奈さんにお会いしました」

「え？　彼女と遭遇しちゃったんだ……大丈夫だった？」

「ええ、まあ……」

言葉を濁す咲良に、朔朗は苦笑いを浮かべる。

「まだ諦めてないってのもすごいよね。颯斗が相手だと仕方ないかもしれないけどさ」

「颯斗さんは完璧かってくらい何でも優れていますものね」

一緒に暮して分かったけれど、家事能力まで高くて、弱点というものが見当たらない。五葉瀬奈が好きになる気持ちは分かる。その後の行動は到底理解できないけれど。

「でもあいつにも弱点はあるからね」

「え、そんなものありますか？」

咲良にはまったく思いつかない。何しろ夫には嫌いな食べ物すらないのだから。

朔朗はなにかを企んでいるかのように目を細める。

「教えて欲しい？」

「……はい」

少しだけ嫌な予感を感じながらも、好奇心に逆らえず咲良は頷く。数秒の間の後、思いがけない言葉が耳に届いた。

「咲良ちゃん」

「え？」

「だから咲良ちゃんだって。あいつは咲良ちゃんのことめちゃくちゃ好きだからね」

ぽかんとする咲良に、朔朗が得意げに言う。

言葉の意味が頭に浸透すると、一気に照れくさい気持ちが襲ってきた。

「な、何言ってるんですか。揶揄わないでください」

「揶揄ってないよ。本当のこと。あいつ咲良ちゃんにべた惚れだから。僕は片思いのときから執着してたのを見てるからね」

「……本当ですか？」

「もちろん、振られたって凹んでるのを慰めたこともあるよ。嘘はついてない」

朔朗は真面目に頷く。

彼の口から出た言葉は、思いがけないものばかりだった。

（べた惚れとか片思いとか……颯斗さんがそんなに私のことを？）

本人の口からも聞いたことだが、他人から聞くのはまた違う。

「あの、その話を詳しく聞きたいです」

「うーん、それは無理かな。これ以上しゃべったら颯斗に制裁されそうだから。気になるなら本人に直接聞くといいよ」

「え、そんな……」

言いかけたなら最後まで教えて欲しい。

（颯斗さん本人に片思いしてたときの様子を教えてください、なんて聞けるわけないよ……）

　それに客観的な意見が聞きたいというのもあった。

「中途半端でごめんね。でも話したことは誓って本当。だから五葉瀬奈が何か言ってきても咲良ちゃんは気にしなくて大丈夫だからね」

「……ありがとうございます」

（朔朗さんは私が瀬奈さんのことを気にしていると思って、元気づけてくれたのかな）

「うん。自信持ってね」

「そうですね。できれば穏便に解決して欲しいんですけど」

「不安なのは分かるよ。でも本当に大丈夫。如月家と五葉家は昔からの付き合いだけど、颯斗が親しくしていたのは瀬奈じゃなくて姉の羽菜の方だしね」

　朔朗が何気なく発した羽菜という名前に、咲良はびくりと肩を揺らした。

「颯斗さんと羽菜さんって、昔から親しかったんですか？」

「そうだよ。僕も含めてよく顔を合わせていた、幼馴染のようなものかな」

「そうなんですか……私は羽菜さんがお父様の指示でキサラギワークスに出向して来てからの関係だと思っていました」

　なぜなら羽菜自身がそう言っていたのだ。それに個人的な繋がりがあるようなニュアンスは一切なかった。

(だったらあの時の颯斗さんと羽菜さんは、プライベートの話をしていたのかな)

だから咲良には内容を話せなかったのだと考えると納得がいく。

「咲良ちゃん、どうかした？」

暗い顔をしていたのだろうか。朔朗が心配そうに眉を下げる。

「な、何でもないです……ちょっとぼんやりしてしまって」

「飲みすぎかな。水を貰おうか」

「いえ、まだ大丈夫です」

「そう。颯斗が心配するから飲みすぎないでね……そうだ。あれから副社長はどうなった？」

朔朗の家に挨拶に行ったとき、副社長の襲撃についてさらりと話した。そのとき彼は憤慨していたけれど、その後も気にしてくれていたようだ。

「被害届を提出したんですけど、不起訴になる可能性が高いので示談になるかもしれないです。颯斗さんがやり取りしてくれているんですけど、私に近付かないようにしてくれるそうなので安心してます」

「颯斗が動いてるなら大丈夫だな。あいつは咲良ちゃんのためなら、金洞さんを日本から追放するくらいしそうだ」

「さすがにそこまではしないと思いますよ」

「いや、あり得るから。昔から怒らせると怖いんだよな」

「怒らせたんですか？」

「まあ、結構な回数？」

その後は思い出話など楽しい話題に興じた。

朔朗に送って貰い帰宅したのは午後十時。颯斗はまだ帰っていなかった。

シャワーを浴びて寝る準備を整えても帰る気配がない。

咲良は【お休みなさい】とメッセージを送り、ひとりで眠りについた。


年末に向けて社内は慌ただしさを増してきた。

颯斗の帰宅も徐々に遅くなっている。

特にここ数日は仕事後オフィスの外で、法律と経済に詳しい知人と会ってアドバイスを受けているとかで、帰宅が遅い。

詳しいことは教えて貰えないが、何か新しいことを始めようとしているようだ。

ある程度形になるまで水面下で動きたいそうで、咲良にも何も話してくれないから、結構寂しい。

とはいえ、夫婦仲は良好だ。

一緒に過ごせる時間が減った分、自宅ではそれを補うように今まで以上に甘い愛情表現をしてくれるし、一週間に二度は体を重ねている。

オフィスでは仕事以外で話す機会はあまりないが、それでも気を配ってくれていることは伝わってくる。


「咲良さん、今日颯斗さんは帰社するの？」

「あ、羽菜さん。颯斗さんなら外出先から直帰する予定ですよ。急ぎの用件がある場合は携帯の方に」

「分かった、あとでかけてみるね」

「はい」

咲良は何の用件か聞きたい気持ちを抑えて、相槌を打った。

羽菜が颯斗と幼馴染だと知った日から、彼女の様子を気にしてしまっていた。

ふたりは幼馴染と知られないように、わざと距離を置いているように見える。以前より観察するようになり気付いてしまった事実。

他の社員や咲良に遠慮しているだけだろうか。でもそれならどうして幼馴染だという事実を咲良にまで隠しているのだろう。

咲良には父親の指示で颯斗の下で働いている瀬奈の姉だと、むしろ気まずい関係のように話しているのに。

ときどきもやもやした気持ちが募り、はっきり聞いてしまいたくなる。

でもそうすることで気まずくなったら仕事にも夫婦生活にも影響しそうで、聞く決心がつかずにいる。

イレギュラーな来客対応などをこなし、気付けば十八時の定時を五分過ぎていた。

金洞商会のときのような終礼などはないので、皆それぞれの仕事をしている。

そんな中、誰よりも先に羽菜が席を立った。

「咲良さん、私、今日急いでるから帰るね」

「はい、お疲れさまでした」

いつも遅くまで残っている彼女にしては珍しいなと思いながら、足早にフロアを出て行く後ろ姿を見送る。

その後一時間程作業をしてから咲良も退勤した。

エレベーターで一階まで降りて、総合受付の前を通り地下鉄の駅に向かう。

ところがエントランスに向かってロビーを進んでいる途中に、とっくに帰った羽菜の姿が見えたような気がして、咲良は立ち止まった。

近づいて様子を窺う。思った通り観葉植物で囲まれたソファコーナーに、羽菜がいた。しかもひとりではなく、瀬奈と対峙している状況だ。

(羽菜さんが帰ったのは一時間以上前だけど、それからずっとここにいたの?)

一体何をしているのだろうかと目を凝らす。

瀬奈は今日も美しく着飾っているが、顔つきは厳しく彼女の怒りが咲良にまで伝わってきた。

それに対して羽菜は顔色が悪い。

(体調が悪そう。声をかけた方がいいのかな)

もし瀬奈に捕まって離れられない状況ならば、適当な用事をつくって引き離した方が良さそうだ。

できれば関わりたくないが、具合が悪そうな人を前に放っておけず静かにふたりに近付く。段々声が聞こえてきた。

「それでいつまで颯斗さんの周りをうろつく気なの?」

瀬奈の声は甲高いので離れていても聞きやすい。

「いつまでって、私はここで働いているのよ。仕事で関わるなんて当たり前でしょう？」

「その仕事、羽菜がやる必要あるの？　私に引き継げばいいじゃない。羽菜ができて私にできないことなんてないんだから」

第一印象の通りの傲慢な台詞が瀬奈の口から飛び出す。姉に対するものとは思えない程の、きつい言葉だ。

「そんなの無理に決まっているでしょう？　それに瀬奈の入社を颯斗さんは認めない。ここは家じゃないんだから、瀬奈の我儘は通用しないの」

「は？　これはお父様の指示なんだけど」

羽菜にとっては驚きの言葉だったようで、疑いの目で瀬奈を射貫く。

「お父さんがそんな指示をするはずないじゃない！」

「残念だけどするの。側で働いていたらお互い気を許すようになって、私たちの関係もよくなるんじゃないかって」

「何言ってるの？　颯斗さんはもう結婚しているのよ？」

「ああ、あの元金洞商会の秘書ね。この前会ったけど大したことなかったわ。気にしなくていいんじゃない？」

（えっ、私のこと？）

突然自分の話題になったことで咲良は驚き、咄嗟に近くの背の高い観葉植物の陰に身を隠してしまった。

その間にもふたりの会話はヒートアップしていく。

「何て失礼なことを言うの？　瀬奈、あなたはもっと他人を尊重しなさい」

羽菜が必死に瀬奈を窘めているのが声の調子で伝わってくる。しかし瀬奈には少しも響かないようだ。

「事実を言ってるだけでしょ？　颯斗さんほどの男があんなどこにでもいそうな女を真剣に選ぶはずがないわ。絶対に理由がある。例えば偽装結婚とか？」

それどころか挑発するような発言を続ける。

（さっきから酷いことばかり言うのね。私を完全に見下してる）

咲良は唇を噛み締める。その瞬間羽菜の大きな声がした。

「違うわ。颯斗さんは彼女を大切にしてるもの」

「それは演技でしょ」

「演技とは思えない。だって偽装結婚する必要なんてないじゃない」

羽菜の言葉が痛いところをついたのか瀬奈が黙る。

「ねえ、いい子ぶったことばかり言ってるけど、本当は羽菜だって離婚すればいいと思ってるんでしょ？　だってあんたは昔から颯斗さんが好きだったものね」

（えっ？）

咲良の心臓がドクンと音を立てる。

（羽菜さんが颯斗さんを好き？）

「違うから！　変なこと言わないで！」

羽菜は否定したが、瀬奈はますます調子にのる。

「そうやってむきになるのが証拠でしょ？　まあいいわ。とにかく早く辞めてよね」

「……話にならない！　とにかく颯斗さんの奥さんには絶対に手を出さないで。でないと大変なことになるんだから」

「大変ってなによ。あの女については調査済だけど脅威になるような要素はゼロよ。貧乏家庭出身で友人関係に強力なコネもないんだから。じゃあそろそろ行くから」

一方的にまくし立てると、瀬奈は羽菜の制止する声を聞かず去って行く。

（まずい！　こっちに来ちゃった）

こんなところで隠れて盗み聞きをしていただなんて知られるわけにはいかない。

咲良は慌てて大きな柱の陰に駆けこむ。

瀬奈にも羽菜にも見られていないはずだが、瀬奈がこちらを見た気がしてぞくりと背筋が冷えた。

瀬奈に続き羽菜も立ち去ったのを確認してから、咲良は柱によりかかりほっと息を吐いた。

（まさかこんなことになっていたなんて）

瀬奈が自己中心的な性格なのは分かっていたが、会社にまで押しかけて騒ぎ立てるとは予想外だ。

咲良は俯き考え込みながらオフィスビルを出た。

これほど酷い状況ならば、咲良には知られないようにしていたのも納得できる。

瀬奈は颯斗の結婚は偽装だと思い込み、ふたりが離婚するのを待っているなんて、本人に言えるはずがない。

颯斗が最近忙しくしていて個人的に法律の相談をしていると言っていたのは、この件の対応策を検討しているのかもしれない。

（はあ……私って……）

そんな事態だとは思いもせずに、ひとりでモヤモヤしていたなんて情けない。

颯斗が帰ったら今見たことを伝えて、話し合おう。そして咲良も一緒に瀬奈に立ち向かわなくては。

自己主張が強く行動的で、話が通じない人だと感じた。瀬奈について考えると以前散々苦労した金洞副社長を思い出す。

外見はまったく違うけれど、中身は似ているのかもしれない。

だったら尚更、時間が解決するなんて考えは通じないタイプのはずだ。

咲良は決心して家に帰った。

「ただいま」

颯斗が帰宅したのは十一時過ぎだった。

疲れが顔に出ているのに咲良の顔を見るとうれしそうに微笑んでくれる。

その様子だけで、颯斗の想いが伝わってくる。

「お帰りなさい」

「待っていてくれたんだな。ごめん遅くなって」

「大丈夫。颯斗さん疲れてるでしょ？　お風呂沸かしてあるので入ってください」

「ありがとう。咲良は先に休んでていいからな」

颯斗はスーツの上着を脱ぎながら言う。

「ううん、話したいことがあるから起きて待ってます。颯斗さんが落ち着いたらでいいから」

嫌な予感を覚えたのか、颯斗の表情が僅かに曇った。

「……分かった」

颯斗は入浴を終えると、咲良が待つリビングに来てくれた。

「お水でいい？」

「ああ、ありがとう」

グラスにミネラルウォーターを用意して、ソファに並んで腰を下ろす。

「何かあったのか？」

颯斗が心配そうに咲良を見つめる。

「実は仕事を終えて帰る途中に、羽菜さんと瀬奈さんが言い争っているところを見かけたんです。羽菜さんからその件について聞きましたか？」

もしかしたら羽菜から電話があったかもしれないと考えたが、颯斗は初耳のようで眉間にシワを寄せる。それは咲良の説明が進むのと比例するように深くなり、最後は彼の端整な顔にくっきり一本の溝ができてしまうのではないかと心配になる程だった。

つまりものすごく機嫌を悪くしている。

彼は話を聞き終えると、はあと特大の溜息を吐いた。

けれど咲良と目が合うと、心配そうに眉を下げた。

「嫌な思いをさせたな。大丈夫か？」

「大丈夫。瀬奈さんの話は羽菜さんが否定していたので。それに今颯斗さんが私を心配してくれているのが伝わってきて、瀬奈さんの言葉が嘘だってはっきり分かりました」

颯斗はほっとしたように微笑む。

「そうだ。瀬奈の言葉は妄想だ。俺は絶対離婚しないし、瀬奈を雇うつもりもない」

頼もしさを感じる程、颯斗ははっきり言い切った。

「でも何もかも拒否して大丈夫なのか心配。瀬奈さんのお父様はキサラギワークスにかなりの出資をしているんでしょう？」

「そうだが、うちへの出資は五葉さんにとってもビジネスだ。娘可愛さに出資を止めるとは考えづらい」

「たしかに、今期もかなりよい結果が出そうだって聞きました」

颯斗は頷く。

「ただ、キサラギワークスとしては、いつまでも五葉さんを当てにするつもりはないんだ」

「そうなの？」

「会社を運営するための資金を調達するために出資者は必要だが、経営方針に出資者の意向が影響するデメリットがある。特に今は五葉さんの出資率が高く彼の言葉は無視できない。俺はそれは好ましくない状況だと思ってる」

「雇用にも意見できるんだものね。羽菜さんも初めは五葉さんの意向で入社したって聞いているし、今度は瀬奈さんまで」

「そうだな。ただ羽菜の場合は少し違う。俺と羽菜でそうなるように仕向けたんだ」

「え、それはどういう……」

「羽菜は瀬奈と違って父親との関係がよくなくて影響下から抜け出したがっていた。俺の方は五葉氏の言いなりの人間が出向して来るのは避けたかった。細かく口出しされるのは面倒だからな。利害が一致したということだ」

「そんな事情が……」

「彼女には皆のサポートを頼んでいたが、いつの間にか馴染んでいろいろできるようになっていた。今ではキサラギワークスの一員として立派な戦力になってくれた」

「そうですね。私が入社したときもあれこれ面倒みてくれたもの」

ベテランといえるくらい社内の細かいところにまで精通し、同僚ともよくコミュニケーションが取れていた。

咲良が会社に馴染めたのは羽菜の助けが大きい。

「……それなのに、疑ってしまって本当に悪いことしちゃったな」

ぽそっと呟くと颯斗が不思議そうに首を傾げる。

「なんのことだ？」

「実は颯斗さんと羽菜さんがひそひそ話しているところを見たり、幼馴染の関係だって聞いたりしてモヤモヤしていたの」

「ひそひそ話？　悪い、覚えていないな……幼馴染だって言うのは誰に聞いたんだ？」

「朔朗さんですけど」

「朔朗？」

颯斗が一瞬にして顔色を変えた。

「どこでそんな話をしたんだ？」

「え、この前霽月で偶然会った時に……」

「聞いてない」

「あれ、そうだったかな？　あの、颯斗さんの帰りが遅いときにひとりで飲みに行った日のことなんだけど」

急に不満顔になってしまった夫に、咲良は内心慌て出す。

（自分の幼馴染に会ったのに秘密にしていたと知ったら、気分を損ねても仕方がないよね）

「ごめんなさい。他のことに気を取られていたのかすっかり報告した気でいたみたい」

「いや、謝らないでくれ。俺が勝手に嫉妬しただけだ」

颯斗は顔を合わせているのが気まずいのか、咲良をぎゅっと引き寄せる。

広い胸にもたれる形になり、お風呂上がりのよい香りが鼻腔を擽った。

心地よくてそのまま彼にもたれ掛かり、目を閉じる。

「颯斗さんが私のことで嫉妬するなんて不思議な気がします」

完璧で優しい彼は、瀬奈が言っていた通り咲良にはもったいないくらいの旦那様だ。

「不思議でもなんでもない。咲良に見せてないだけでいつも嫉妬しまくりだ」

「まさか」

「この前は、打ち合わせ中に咲良にばかり話しかける男性社員を見ていらっとした。

他の男に咲良の笑顔を見せたくないんだ」

「他の男って、自分の会社の社員なのに」

咲良は思わず吹き出してしまった。敏腕ＣＥＯが密かにそんな嫉妬をしているなんて、社内の誰も想像できないだろう。

冗談で言ってるのだろうが、咲良の気分を明るくするために言ってくれているのは事実で、その気持ちが有難い。

「でも私の方が嫉妬深いかも。羽菜さんにすら不安になっちゃうんだから」

「うれしいけど本当に羽菜とはなんともない。羽菜の方も俺を異性としては見ていないんじゃないか？　彼女と初めて会ったのは中学に入った頃だったが、当時から淡々とした関係だったな。むしろ朔朗との方が仲が良かった」

「そうなの？　幼馴染って言うからもっと昔からの仲だと思ってました」

「朔朗はもっと言い方を考えた方がいいな……とにかく彼女についてはまったく心配いらないからな」

颯斗が少し体を離して、咲良の目を見つめて来る。真剣な様子から誠実さが伝わってきた。

「はい」

「会社についても大丈夫だ。五葉さんが文句を言えないような利益を与え、しっかり恩を返したうえで、今後の経営から遠ざけるために今動いているから。最近帰りが遅いのはそのための準備をしているんだ」

「そうだったの？　私はてっきり瀬奈さんのことで動いているのかと思ってました」

「それは別で動いてる」

「どんな準備をしてるの？　五葉さんの影響下から抜け出す方法なんてあるんですか？」

颯斗が咲良の耳元に口を寄せた。

「これは役員以外には非公開の情報だ。もちろん羽菜も知らない。内緒にできるか？」

咲良はごくりと息を呑む。

「分かった。絶対に誰にも言わないと約束します」

「キサラギワークスを設立してあと少しで四年になる。だから来年は株式上場に向けて動き始める」

颯斗の言葉に咲良は目を見開いた。

七章　末永く幸せに

気がかりが解消したことで、ますます仕事に集中できるようになった。

慣れたことで依頼される仕事が増えたことに加えて、社内が年末特有の慌ただしさに溢れている。

颯斗たち役員も、新規取引先を訪問したり、招待されたセミナーに参加したりと休む暇なく精力的に動いている。

そんな中、咲良のスマホに懐かしい人から連絡があった。

国原美貴。金洞商会勤務時代の先輩で、咲良が一番親しくしていた同僚秘書だった人だ。

最後に連絡を取り合ったのは金洞副社長の解任報告のときで、その後気になってはいたものの、なかなか連絡できずにいた。

彼女からの連絡にうれしさがこみ上げたが、仕事中で出られなかったので、帰宅してから折り返す。

美貴はすぐに応答し、以前と変わらない気さくさで話しかけてきた。

「咲良ちゃん久し振り。折り返しありがとう」

「美貴さんお久しぶりです。仕事中で出られなくてすみませんでした。今は大丈夫なんですか？」

「大丈夫よ。久し振りに咲良ちゃんと話したくて。報告したいこともあってね」

「私も美貴さんと話したいと思ってました。ゆっくり会えたらいいんですけど、転職したばかりで、なかなか時間が取れなくて」

「それに、結婚したばかりだものね。旦那さんとは上手くいってるの？」

咲良は照れながら、幸せな結婚生活について話す。

「大事にされてるじゃない！」

美貴はうれしそうに聞いてくれる。

しばらく惚気話に付き合ってもらっていると、美貴が思い出したように言った。

「そういえば金洞元副社長がすごいことになってるの」

「すごいこと？」

咲良はどきっとしながら美貴の話の続きを促す。

「そう。くびになって引きこもってたみたいなんだけど、警察沙汰を起こしたみたいなの。社長を含め金洞家の人たちは大慌てよ……前から問題人物だったけど、まさか犯罪者になってしまうなんてね」

「そ、そうなんですか」

どうやら金洞商会の社内で副社長の件は噂になっているようだが、被害者が咲良なのは公表されていないようだった。

「業績は悪化の一方だし、元役員は問題を起こすし、ますます先が不安になるわ」

溜息をつく美貴の愚痴を聞いてから、近い内に会う約束をして電話を切った。


大きな出来事がないまま年内の業務を終えて、年末年始になった。

颯斗はこれまで正月など関係なく仕事をしていたそうだが、今年は結婚して初めて迎える元旦ということもあり、数日ゆっくり休暇を取ることになった。

仕事以外にも心配事が重なり緊張感がある日々だったが、休みの間は嫌なことは忘れてリフレッシュしよう。

そうふたりで話し合い、元日は如月家に、一日空けて三日に咲良の実家を訪問しようと予定を立てた。

如月家は本家なので、二日に親類が集まることになっているそうだ。

元日は家族だけの集まりで、ダイニングルームには義父母と義兄の姿があった。

「あけましておめでとうございます」

颯斗と揃い新年の挨拶をすると、義家族が笑顔で挨拶を返してくれた。

「お節だけはここ数年懇意にしている料亭で作って貰っているの」

テーブルの上には、本格的なお節料理のお重が並んでいる。伝統にのっとったものだが、色鮮やかでとても美味しそうに見えた。

「食べるのが勿体ないくらい綺麗ですね」

「そうでしょう？　やっぱりプロの作品は違うわよね。そういえば咲良ちゃんはもうお店に連れて行ったの？」

にこにこと咲良に話しかけていた義母が、颯斗に目を向ける。

「連れて行った。結構気に入ってくれてたよな」

颯斗にそう言われて、思い浮かぶものがあった。

「紹介制のところ？」

「そう。俺たちにとってもよい思い出の料亭になったな」

「あら、どんな思い出？」

興味津々で義母が聞いてくる。

「咲良が結婚を決意してくれたんだ」

澄まして答える颯斗に、義母が目を輝かせる。

「いいわね、その話をもっと聞きたいわ」

義母はこういった話が好きなのかかなり盛り上がっている。義父と義兄がつまらないと感じていないか心配になったが、ふたりとも義母のこういった態度には慣れている様子で特に気にした様子はなかった。

「大して話すことなんてないって。ただプロポーズの答えを貰っただけだ」

「その部分を詳しく聞きたいのよ」

ざっくりした回答に、義母がすかさず突っ込む。

「勘弁してくれ」

義母を中心に会話が弾み、楽しい時間が流れる。

お節を食べ終えて、お茶を飲んでいると、いつの間にか颯斗の子供の頃の話になった。

「颯斗は幼い頃から、こうだと決めたら譲らない頑固なところがあったのよね」

義母の言葉に、義兄が頷く。

「長所でもあるけどね。その意思の強さで起業して成功したんだから」

仲がいい家族だったようで、思い出話が尽きない。

「あ、咲良さんごめんなさいね。昔話ばかりじゃ退屈しちゃうわよね」

聞き役に徹していた咲良に気付き、義母が気まずそうに言う。

「いいえ、颯斗さんの子供時代の話ですから、聞いていてとても楽しいです」

笑顔でそう答えると、颯斗が照れたような表情になる。

「そうだわ」

義母がなにかを思いついたのか胸の前で両手を合わせた。

「颯斗、咲良さんをあなたの部屋に案内したらどう？　出て行ったときのままにしてあるから、写真くらいは残っているんじゃないかしら。ね、咲良さん」

「是非、見てみたいです！」

颯斗は義母と咲良の盛り上がりに戸惑っていたが、席を立ち咲良を自室に案内してくれることになった。

リビングを出て、奥に向かい廊下を進む。

颯斗は最奥の部屋の扉を開いた。中は十畳くらいの和室で、家具がほとんどないため、がらんとした寂しい印象だ。

「ここが？」

「殺風景だろ？　実家を出る時に古い家具を処分したから、こんな状態なんだ」

「それにしても子供部屋の名残があまりないかも」

子供が使うには渋いと感じた。あの義母ならカラフルなクロスに変えるなど、張り切って改装しそうな気がするけれど。

「途中で移ったからな」

どういう意味なのだろうと、咲良は首を傾げる。

「子供のころは兄と二階を使っていたが、ある日急にひとりになりたくて、こっちに移ったんだ。子供ながらに独立心が育ったんだろうな」

「ふふ……お義母様たちは驚いたでしょうね」

「好きにさせてくれた寛容な家族に感謝してる」

「見守ってくれていたのかな。よいご両親とお義兄様です」

「そうだな」

颯斗が柔らかな表情で頷く。

「家族に恵まれたな。もちろん妻にも。咲良と結婚できてよかったと思ってる」

「颯斗さん……」

どちらからともなくキスをする。

くすくすと笑い合いながら、何度も唇を重ね合った。

「颯斗さん、昔の写真はありそう？」

「ああ、たしかそこに……」

颯斗が壁際の本棚に近付こうとしたとき、突然ドタドタと激しい足音が聞こえてきた。

颯斗が険しい表情を浮かべる。

（なにかあったのかな？）

義家族の人たちの行動とは思えない。

緊急事態かと咲良も不安を覚えていると、いきなりガラッと部屋の引き戸が開いた。

「颯斗さん、捜したわ！」

大きな声でそう言ったのは、五葉瀬奈だった。

咲良は驚き目を見開く。

（どうして彼女がここに？）

瀬奈は、躊躇いなく颯斗に近付いてくる。

隣にいる咲良の存在は、視界に入っていないかのようだ。

「五葉さん、なぜここに？」

颯斗が低い声で問う。

「新年の挨拶に来たのよ。颯斗さんの車があるのにリビングにいないから心配したわ。彰斗さんたちと話していてようやくここだと分かったのだけど」

瀬奈の発言が終わると颯斗はすっと目を細めた。

「正月早々、事前連絡なく押しかけてきたと思ったら、無断で人の部屋に入る。妻を無視して一方的に自分の主張を訴える。あまりに失礼な態度だ」

（颯斗さん、本気で怒ってる）

颯斗は瀬奈を疎ましく感じながらも、義家族の立場やキサラギワークスのため、これまで穏便に済ませていたはずだ。

けれど今はこれまでの怒りが爆発したように冷ややかな目を瀬奈に向けている。

「瀬奈さん！」

瀬奈を追ってきた義兄が、緊迫した様子を見て蒼白になる。

「兄さん、すまない。でも妻を蔑ろにされてこれ以上黙っていられない」

颯斗の訴えに、義兄は険しい表情ながらも頷いた。

そんなふたりのやり取りを見ていた瀬奈がヒステリックな声を上げる。

「私は颯斗さんと結婚するって言ってるでしょう！」

衝撃の発言に、室内が一瞬怖い程静かになる。

「俺はもう結婚している。妻の目の前でよくそんな発言ができるな」

しばらくして颯斗が心底不快そうに言った。

「君にははっきり言わないと分からないのだろうな……瀬奈さん、なぜそんな勘違いをしているのか知らないが、俺が君と結婚する可能性はゼロだ。君の行動を俺は迷惑だと感じている」

「なっ、……なんでそんな……私が嫌いだって言うの？」

「嫌いだ。今後、個人的に付き合うつもりはない」

瀬奈にとって思いもしなかった言葉なのか、彼女はショックを受けてブルブル震えている。

けれどしばらくすると衝撃が怒りに変化したようで、真っ赤な顔で咲良を睨みつけてきた。

それまでの無視が嘘のように、咲良に向ける憎悪はすさまじかった。

「あんたが突然現れたから！　颯斗さんは知らないんでしょう？　この女を妻にしたままだと酷い目に遭うのに！」

「どういう意味だ？」

颯斗が咲良を自分の背に隠す。その態度が瀬奈の怒りにますます火を点けてしまった。

「この女の評判は最悪なのよ！　インターネットの匿名掲示板に山のように書いてあったわ。前の会社では横領までしてたって噂よ！」

「横領？」

咲良はこれ以上瀬奈を刺激しないためにも、自分は口出ししない方がいいと思って黙っていたが、あまりの事態につい声を上げてしまった。

（横領って何？　どうしてそんな話に？）

「それはどの掲示板だ？」

颯斗の声が一層低くなった。射抜くような視線にさすがの瀬奈も一歩後ずさりする。

「え、それは……」

「すぐに言え！」

「知らない！　噂で聞いただけよ！」

颯斗の剣幕に瀬奈は耐えきれなかったのか、そう叫ぶと部屋から逃げ出した。

嵐の訪れのようだった瀬奈がいなくなると、咲良は戸惑いながら呟いた。

「わたしが横領したってどういうこと?」

「掲示板と言っていたな。調べてみよう」

「手分けした方がいいな」

颯斗の言葉に義兄が同意して、すぐに調査を始める。

インターネットの掲示板など無数にある。

見つかるか不安だったが、検索キーワードが上手くヒットしたようで咲良を中傷する書き込みを見つけることができた。

問題の書き込みは女性向けのトピックが多いローカルな掲示板に、ストーリー仕立てで書き込まれていた。

〈没落企業で副社長の秘書として働いていた女性駒〇咲〇。横領がバレて退職したが優しい上司のおかげで起訴はされなかった。しかし今も懲りずに有名CEOに付きまとい結婚を迫っている〉

役目を果たしているとは思えない伏字氏名で、かなり詳細に書かれていた。

咲良の誹謗中傷が目的なので、わざと身元が分かるようにしているようだ。

内容的に咲良をよく知る人物の書き込みなのは間違いなかった。可能性としては咲良に恨みを持っている金洞元副社長の可能性が高い。

ただどことなく違和感がある。

颯斗も同様な考えだったのか、しばらく無言で考え込んでいた。

「これはもしかして……」

「なにか気付いたんですか？」

「書き込んでるのは瀬奈なんじゃないか？」

「えっ、彼女が？」

大きく目を見開く咲良に、颯斗は間違いないと頷く。

「でも、瀬奈さんは私の横領の件を掲示板で見て知ったって」

「それは嘘だ。咲良の不名誉な噂を広げようとでも思ったんだろう」

「十分考えられるな。誰が書き込んだかなんてその気になれば調べられるのに、すぐばれる嘘をつくところがいかにも彼女らしい」

義兄は無表情だが辛辣な発言だった。内心瀬奈に対して相当な不満を持っているのだろう。

「わざわざ女性向けのスレッドに書き込んでるところも、考えなしだな。悪評を広めるには、閲覧数が多いところに書くべきなのに」

「……そう言われると、他の可能性が浮かばなくなりますね」

颯斗と義兄が確信しているように頷いた。

「五葉瀬奈を許す訳にはいかない。彼女は立場を利用してやりすぎた。自分の行いを後悔するときだ」

颯斗は決意をした表情で宣言した。


一月五日。キサラギワークスの仕事はじめは、颯斗の年始の挨拶からはじまった。

社員たちに長期休暇への未練は見られず、みながやる気に溢れている。

「キサラギワークスも創立五年目を迎えるが、今年は重大な発表がある」

メインフロアに集まった社員が、何事かと颯斗を見つめる。

颯斗は全員を見渡してから口を開いた。

「我が社は今から一年後を目途にグロース市場へ上場することが決定した。上場審査は問題なく通過するはずだが、気を緩めずに更に成長を続ける必要がある。ひとりひとりが力を尽くしますますキサラギワークスを盛り上げていって欲しい」

颯斗の言葉が終わると、社員の間に騒めきが広がる。

興奮を抑えきれないのか近くの同僚同士で喜び合う者もいた。

株式上場をするということは、キサラギワークスがまた一段企業として発展するということだ。

株式を公開することで、これまでよりも格段に多くの人々から資金が集まる。

相対的に五葉家の影響力が下がるのだ。

颯斗は起業したときからこの日を目指して突き進んでいたと咲良に語った。

株式上場は容易いことではない。厳しい条件や審査があり、準備期間も数年かかる。

ようやく公表できるところまで準備が進み、これから一年間はゴールに向かっていく。

立ち上げてから四年の企業で上場できる確率はとても低く、キサラギワークスが最短だ。彼は信じられない偉業を成し遂げたのだ。

困難もきっとある。それでも咲良は夫と彼が大切にしてるキサラギワークスを支えていきたいと思った。

一月中旬。定時で仕事を終えた颯斗と咲良は、オフィスビルの他階にある法律事務所に足を運んだ。

通された会議室は大きなテーブルがコの字型に配置され、ふたりの先客が座っていた。

左側から五葉瀬奈、咲良が知らない中年男性。しかし状況から彼が五葉瀬奈の父親だろうと察した。

瀬奈は憎々し気に咲良を睨む。

険悪な空気が流れる中、会議室の扉が開き、弁護士ふたりが入室した。

これから行うのは、咲良と瀬奈の示談だ。

瀬奈を名誉棄損で訴えるだけの証拠は全て押さえている。だからこそ彼女をこの場に呼びだすことができた訳だけれど、反省している様子は窺えない。

訴えられるのが嫌で来ただけで、自分が悪いとは思っていないのかもしれない。

瀬奈の父親からは怒りを感じないが、うんざりしているのは伝わってくる。

「話し合いは必要ない。娘の行いに対する慰謝料は争わずに払うつもりだ。時間を無駄にせず早く進めてくれ」

「お父さん、私は何も悪くないのにどうして！」

投げやりな父親の言葉に反応したのは張本人の瀬奈だった。咲良に対して慰謝料を払うことがどうしても納得いかないのだろう。

「悪いのはあの女の方なのよ！　後から現れて私から颯斗さんを奪ったんだから！」

「瀬奈、いいから黙ってくれ」

「嫌よ！　お父さんだって言ってたでしょう？　私が颯斗さんと結婚すればいいって。それなのにどうしてこんな庶民の女に譲らないといけないの？」

「はあ」

颯斗が低い溜息を吐いた。彼の強い怒りが伝わったのか、室内がぴたりと静まり返る。

「は、颯斗さん」

瀬奈がすがるような目を颯斗に向ける。

「瀬奈さん、嫌々謝って貰うつもりはない。気持ちが伴っていない謝罪なんて無意味だからな。ただ咲良を傷つけて平然としているような相手は俺が絶対に許さない。徹底的に戦うつもりだ」

「なんで……なんでその女ばかり庇うのよ！」

「俺にとって何よりも大切な人だからだ。彼女をその女と呼ぶのも止めてくれ。心底不快だ」

瀬奈は颯斗の迫力に恐怖を覚えたのか、勢いをそがれ父親に助けを求めるような視線を向ける。しかし瀬奈の父親は娘を突き放した。

「はあ……お前もいい加減大人になれ。謝罪しなさい」

「そんな……」

「娘に謝罪させて慰謝料を払う。手続きを進めてくれ」

父親を頼れないと悟った瀬奈は怒りか屈辱か分からないが震えながら咲良を見た。

「どうして私が……」

「瀬奈、いい加減にしろ」

父親がいら立ちの滲んだ顔で口を開く。

「お父さんは、私があんな女に負けても平気なの？」

「ここで退かなければ、お前はますます惨めになるのが分からないのか？　これ以上、我儘を言うなら、家を出て行って貰う」

「お父さん？」

瀬奈は信じられないといった表情で、父親を見つめる。

しばらくして父親が本気だと察したのか、咲良に恨みが籠った目を向けた。

「ごめんなさい。すみませんでした！」

自分の立場を守るために、不本意ながらした謝罪なのが明らかな、大人とは思えない謝罪だった。

咲良は颯斗と目を合わせ、軽く頷きあってから瀬奈を見つめる。

「謝罪を受けました。反省して二度とこのような行いはしないと約束してください」

咲良に言われるなんて、腹立たしいだろう。

それでも父親に慰謝料を肩代わりして貰い、今後の自分の立場を守るには、咲良に頭を下げるしかない。今、瀬奈はそんな気持ちでいるのかもしれない。

「ごめんなさい、二度と嫌がらせなんてしません」

咲良は自分を見下していた女性が頭を下げるのを、複雑な思いで見つめた。

「ようやく解決したね」

法律事務所からの帰り道、咲良は解放感でいっぱいになりながら呟いた。

これで株式上場のための山のような手続に集中できる。

「うれしそうだな」

右隣りを歩く颯斗が咲良の様子にくすりと笑う。

「うれしいですよ。だってこれでようやく瀬奈さんと縁が切れたんだから。でも瀬奈さんのお父様の態度は意外でしたね」

彼は娘をとても可愛がっていると聞いていたから、もう少しごねると予想していた。

「今回は明らかに瀬奈に非があるから、かばいきれないと判断したんだろうな。それにキサラギワークスが株式上場する情報は当然掴んでいるから、揉めたくないというのもあるんだろう」

「そういうことなんですね……」

「これで婚約話も無事解消できる。一件落着だ」

颯斗はほっとした表情を浮かべながら咲良の手を取った。

「温かい」

大きな手に包まれると安心する。

彼は咲良の一番の味方で、これからもずっと側にいる人なのだと実感し喜びがこみ上げた。

「どうしたんだ?」

「ただ幸せを実感してただけ。結婚してよかったなって」

颯斗の顔に喜びが広がる。

「俺も最高に幸せを感じてる。あのとき結婚を決意してくれてありがとう」

これからもよろしく。そんな気持ちを込めて、お互いの手を握り合った。

『国際ホテル』の広間には正装した多くの人が集まっていた。

咲良はその様子を確認してから、足早に控室に向かう。

「如月CEO、皆さんお集りになりました」

普段よりもしっかり髪をセットし、上質のダークグレーのスーツを見事に着こなした颯斗が、咲良を振り返り頷く。

「ああ、行こう」

咲良と颯斗が結婚して一年半。

キサラギワークスは成長を続け、先日ついに株式上場が正式に決定した。

今日の上場祝いの席には、多くの人たちが駆けつけてくれた。

仕事の関係者に、同業種の経営者。颯斗の家族と親族に、朔朗をはじめとした友人知人。更にはテレビ出演をしている有名弁護士や、海外セレブの姿まであり、颯斗の交友関係の幅広さが表れていた。

颯斗が賑わる広間に入ると、人々の視線が一気に集まる。

彼は堂々とした足取りで雛段に上り皆を見渡し、口を開いた。

「本日はお集りいただきありがとうございます。株式上場は起業した当初からの最重要目標でした。優秀な社員の尽力と、今日ここに集まって下さった皆様のお力添えにより成し遂げひとつの区切りがついたと思っています。しかしここで満足するつもりはありません。キサラギワークスはこれから更に成長していきます」

力強い声で観衆の関心を集め、端整な顔には不敵な笑みを浮かべている。

天性のカリスマを感じる男性が、自分の夫だということが誇らしくて、咲良の胸はいっぱいになった。

人前では決して見せない彼の努力と苦労を、この一年以上咲良は見てきた。

これからも彼の側で少しでも支えて行きたい。

華やかな舞台に立つ夫を見つめながら、咲良はそう決心した。

上場祝いが全て終わった後、咲良と颯斗は予め取っておいたホテル上階の部屋に移動した。

今夜はここに泊りゆっくり夫婦だけのお祝いをするつもりだ。

「颯斗さんお疲れさまでした」

「ありがとう。咲良もお疲れさま」

ふたりでワイングラスを傾ける。

「この一年頑張ったな」

颯斗が息を吐きながらしみじみ言う。

「新婚だってのに、仕事してばかりだったな」

「そうだね。でも目標に向けて頑張るのは充実していて楽しかった。それに忙しくてもいつも側にいてくれたでしょう？」

彼が咲良をないがしろにしたことは一度もない。

どんなに忙しくても、咲良を想い大切にしてくれていた。

颯斗は柔らかな目をして咲良の肩を抱き寄せた。

「逆だよ。いつも咲良が側にいてくれたから頑張れたんだ」

「……よかった。少しは役に立てたみたいで」

「少しどころじゃない。まだ分かってないのか？」

颯斗は不満そうな顔をすると、咲良を抱き上げた。

「えっ、颯斗さん？」

彼は咲良をキングサイズのベッドに運び、そっと下ろす。

「俺がどれだけ妻を愛しているか、ちゃんと伝えないとな」

組み敷かれ、情熱的に唇を塞がれる。

咲良は颯斗の逞しい首に手を回した。

自分から求め、深く舌を絡め合う。

瞬く間に体から力が抜けていく。

何度キスをしてもときめきは色褪せない。

咲良を見下ろす欲を宿した男らしい眼差しも、組み敷く腕も何もかもが咲良の胸を高鳴らせる。

「颯斗さん、愛してる。ずっとずっとこの先も」

彼が幸せそうに微笑む。

「今夜は寝かせてやれないな」

颯斗が熱い唇を寄せて来る。咲良は幸せを感じながら目を閉じた。

END

特別書き下ろし番外編

結婚式

株式上場がらみで続いていた激務が落ち着き、やっと時間に余裕が出たある休日。

「咲良は結婚式を挙げたいか？」

夫婦でのんびり少し遅めの朝食を取っている途中、颯斗が思いがけない発言をした。

「結婚式？」

「ああ。俺たち届を出しただけで式を挙げていないだろう？」

「そういえば」

結婚式に夢が無い訳ではないが、スタートが契約結婚だったので、わざわざ式をする必要はないと考えたのだった。

咲良の両親は形式にこだわらないタイプなのでまったく問題がなかったし、その後関係が変化してからも、金洞元副社長や瀬奈の事件があったし、その後も仕事が忙しくて考える余裕なんて全然なかった。

（でも、颯斗さんとバージンロードを歩いてみたいな）

「咲良が望むなら今からでも式を挙げよう」

咲良の心を読んだように、颯斗が言った。

「うん。そうだね。ささやかで温かい式を挙げられたらいいな」

「よし！ 早速準備しないとな」

颯斗はうれしそうに、顔を輝かせる。

咲良のために言ってくれているのだと思ったけれど、案外彼も楽しみにしているのかもしれない。

行動力と人脈に恵まれた颯斗は、翌日には式場やチャペルの候補を見付けてきた。

「仕事関係まで呼ぶときりがないから、親しい人だけ呼ぶプランを考えたんだ」

彼が提案するのは、どれもゲストひとりひとりに感謝を伝えられるような、咲良好みのものだ。

昨日の咲良の言葉を考慮して選んでくれたのが一目で分かる。

「どれも素敵だけど、颯斗さんの希望はないの？」

「咲良が気に入るところにしよう。花嫁姿の咲良が一番輝いて見える式場がいいな」

咲良は思わず微笑んだ。

「それじゃあ洋装と和装はどっちがいい？」

颯斗は眉を顰め、真剣な顔で考え込む。

「……難しい選択だが洋装だな。咲良は清楚な白いドレスが絶対に似合う」

「……ありがとう」

完璧な容姿の夫の隣に並んだら、何を着ても霞みそうな気がする。

けれどウエディングドレスを楽しみにしてくれているのはうれしい。

これからまた式の準備で忙しくなりそうだが、楽しみで心が弾んだ。

結婚式はふたりでじっくり相談して、半年後に決定した。

都心からのアクセスが便利なのに、緑豊かな洋館を借りたレストランウエディング。ホールから庭まで自由に行き来できて開放的なのが売りで、自由な雰囲気が気に入った。

洋館の明るい雰囲気に合う日中に、楽しい雰囲気の式にしたい。

招待状を送ると、殆どの人が快く出席してくれると返事が来た。

特に喜んでくれたのが、如月家の人たちだ。

「ついに式をする気になったのね！　本当によかった……咲良ちゃん、どうせ颯斗の都合で遅くなったんでしょう？　ごめんなさいね」

義母は式について相当に気にしていたようだ。

今まで義実家で式について何か言われたことはなかったので、驚いた。

「いえ、仕事を優先していたのは、ふたりの意見なんです」

急な仕事が入ったため、今日は咲良ひとりで訪問している。

夫に代わりすぐに誤解を解こうとしたが、義母はまったく信じてくれなかった。

颯斗は昔から自由に生きているイメージがあるらしい。

「咲良さん、おめでとう。楽しみにしているよ」

義父と義兄は穏やかな反応だ。

瀬奈の件が解決して以来、如月家の人々は穏やかに暮しているようだ。

颯斗から聞いた限りでは、如月リゾートの経営についてもとくに問題はないとのことで、安心している。

「咲良さん、式にもう一人分席を用意して貰いたいんだけど、大丈夫かな？」

義兄に言われ咲良はすぐに頷いた。

既に招待客は決まっているが、ひとりくらいならなんとかなる。

「大丈夫です。いらっしゃるのは親族の方ですか？」

「いや、僕の婚約者になる人だ」

「え……お義兄様、婚約されたんですか？」

颯斗からは、なにも聞いていなかったので驚いた。

「昨日、決まったばかりなんだけどね」

義兄は少し照れた様子でそう言った。

「おめでとうございます。すぐに婚約者の方の招待状を用意しますね」

瀬奈の騒動があったせいで、咲良は義兄の結婚がどうなるのか内心気にしていた。

けれどよい相手が見つかったようでほっとする。

「そうなのよ！　息子ふたりが落ち着いてくれて、これでやっと安心できるわ」

帰宅して報告すると、颯斗も笑顔を見せていた。

義父母もとてもうれしそう。


式場を決めた次は、ドレス選びだ。

ドレスショップには、当然颯斗も同行している。

「颯斗さん、どうかな？」

咲良は試着したドレス姿で颯斗の前に立つ。

胸元には繊細な刺繍が施されておりロマンチックな印象だが、スカート部分はシルクで大人っぽさと上品さを感じるデザインだ。

スレンダーラインなので、レストランウエディングの会場にも向いている。

颯斗は咲良の頭から足元までをまるで鑑定するように眺めたあと、深く頷いた。

「このドレスが一番いい」

「本当に？　よかった、私もこのドレスがいいと思ったの」

咲良はほっとして微笑んだ。

颯斗がドレスを選ぶ目は厳しく、咲良がまあまあいいんじゃないかなと思うドレスにも首を横に振った。

七着目の試着にしてようやく満足してくれたのだ。

（それだけ真剣に私に似合うものを選んでくれたんだよね）

着替えているときは大変だったけれど、頑張ってよかった。

こうして理想的なドレスに出会えたのだから、夫に感謝だ。

ドレスコーディネーターの女性も、「とてもお似合いです」と褒めてくれた。

「颯斗さんの衣裳も選ばないとね」

笑顔でそう言うと、颯斗は何を言ってるんだとでもいうような怪訝な表情になった。

「俺の衣裳なんてどうでもいい。咲良のアクセサリーを選ぼう」

「え、どうでもいいってことは……」

「このドレスは咲良の清楚さと上品さを十分に引き立てているから、アクセサリーは雰囲気を壊さないものがいいな。いくつか見せて貰えますか？」

「はい、ただいま」

颯斗の言葉を受けたコーディネーターが、カタログを広げる。

「胸元の刺繍がポイントですので、アクセサリーは小ぶりでシンプルなものをお勧め致します。ヘアスタイルはナチュラルに纏めるか、ハーフアップやダウンスタイルも素敵ですね」

カタログには様々な凝ったヘアスタイルの写真が並んでいる。

「低めのお団子ヘアがよさそうかな。ティアラより花飾りの方がドレスに合ってそう。髪を降ろして花冠を被っているのも素敵だけど、私には無理かな」

「どうして無理なんだ？　咲良は可愛いから花冠が似合ってると思うぞ」

「颯斗さん……」

彼は人目が有っても気にせずに咲良を褒めるから、照れてしまう。

「心配なら試してみたらいい」

「でも時間が……」

試着だけで相当な時間をかけている。多忙な彼をこれ以上付き合わせるのは気が引けた。

「そんなことは気にするな。一生に一度の結婚式なんだ。咲良が絶対後悔しないようにしたい」

「……うん、ありがとう」

颯斗が拘るのはすべて咲良のためなのだと伝わってくる。幸せな花嫁にしようと努力してくれているその想いがうれしかった。

「咲良は何を身に着けても可愛いから、悩むのは分かるけどな」

「もう颯斗さん、さっきから褒めすぎだよ」

「本心なんだから仕方ないだろ？」

颯斗は愛しそうに咲良を見つめながら微笑む。

その後、ふたりで相談しながら小物を選び、最後に十五分もかけずに颯斗の衣裳を選び、一日を終えたのだった。

時は流れ、七月吉日。爽やかな晴れの日。

咲良と颯斗の結婚式には、親しい人たちが駆けつけてくれた。

両家の家族に、友人たち。

咲良は控室の姿見の前に立った。

ふたりで話し合って決めたウエディングドレスは、咲良にとても馴染んでいた。ふわりとまとめた髪には花を飾り手には上品なブーケを。

特別な日だからだろうか。自分とは思えない程綺麗に見える。

颯斗もそう感じてくれたのだろうか。

着替えを終えた咲良を目にした瞬間、息を呑み目を見開いた。

バージンロードに向かう扉の前で立ち止まった彼は、咲良を愛おし気に見つめて言う。

「咲良、最高に綺麗だ」

咲良は幸せを感じながら微笑んだ。

「ありがとう。颯斗さんも最高にかっこいい」

白い新郎衣裳を身にまとう彼は、まるで物語から抜け出たように煌びやかだ。

「結婚して今日で二年だな」

颯斗が昔を思い出すように目を細める。

「今でもまだ慣れない。咲良を見る度、胸が高鳴るんだ」

颯斗が珍しく照れた様子で言う。

「私も、いつも颯斗さんに見惚れてるよ」

「お互いさまなんだな」

ふたりで笑い合って、腕を組む。

扉の先の、ふたりの未来を誓う道が開かれる。

この先、辛いことがあるかもしれない。

けれど彼とならきっと乗り越えていけると信じている。

ふたりで年を取って、この胸を満たすときめきや、溢れる恋心が形を変えていくのだとしても、彼を愛する気持ちは決して消えない。

幸せへの道を一歩踏み出した。

END

あとがき

この度は『気高き敏腕ＣＥＯは薄幸秘書を滾る熱情で愛妻にする』をお手に取っていただき、まことにありがとうございます。

今回は一度限りの関係を持ち別れたふたりが、契約結婚することになるお話を書きました。

契約結婚と言ってもドライなものではなく、両片思い状態のふたりです。

真面目で優しいけれど、自分にあまり自信がないヒロインが、積極的で前向きなハイスペックヒーローと幸せになる様子を楽しんで頂けたらうれしいです。

作中に出て来るオフィスは、以前仕事でお邪魔した会社のオフィスを参考にして書きました。

リモートワークが多くなってから改装したとかでものすごくお洒落で、ごく普通のオフィスで働いていた私にはカルチャーショックでした。

今作のヒーローは大企業の御曹司ですが、起業し新進気鋭のＣＥＯとして活躍しています。彼のオフィスは絶対にお洒落で最新設備が揃っているんだろうなと思いました。

生き生きと働くヒーローとヒロインの様子が伝わったらうれしいです。

うっとりする綺麗なカバーイラストは、れの子先生に描いていただきました。どうもありがとうございました。

本書を出版するにあたりお世話になった皆様にお礼を申し上げます。

そしていつも応援してくださっている読者様に感謝いたします。

どうもありがとうございました。

吉澤紗矢

吉澤紗矢先生への
ファンレターのあて先

〒104-0031
東京都中央区京橋1-3-1
八重洲口大栄ビル7F
スターツ出版株式会社　書籍編集部　気付

吉澤紗矢先生

本書へのご意見をお聞かせください

お買い上げいただき、ありがとうございます。
今後の編集の参考にさせていただきますので、
アンケートにお答えいただければ幸いです。

下記URLまたは二次元コードから
アンケートページへお入りください。
https://www.berrys-cafe.jp/static/etc/bb

気高き敏腕CEOは薄幸秘書を滾る熱情で愛妻にする

2024年3月10日　初版第1刷発行

著　者　吉澤紗矢
©Saya Yoshizawa 2024

発行人　菊地修一

デザイン　hive & co.,ltd.

校　正　株式会社鷗来堂

発行所　スターツ出版株式会社
〒104-0031
東京都中央区京橋1-3-1　八重洲口大栄ビル7F
TEL　03-6202-0386（出版マーケティンググループ）
TEL　050-5538-5679（書店様向けご注文専用ダイヤル）
URL　https://starts-pub.jp/

印刷所　大日本印刷株式会社

Printed in Japan

ISBN 978-4-8137-1555-9　C0193

ベリーズ文庫 2024年3月発売

『一途な救命救急医の溢れる恋情で娶られて―この最愛からは逃げられない【ドクターヘリシリーズ】』 佐倉伊織・著

密かに想い続けていた幼なじみの海里と偶然再会した京香。フライトドクターになっていた海里は、ストーカーに悩む京香に偽装結婚を提案し、なかば強引に囲い込む。訳あって距離を置いていたのに、彼の甘い言葉と触れ合いに陥落寸前！「お前は一生俺のものだ」――止めどない溺愛で心も体も溶かされて…。

ISBN 978-4-8137-1552-8／定価748円（本体680円＋税10%）

『クールな海上自衛官は想い続けた政略妻へ激愛を放つ』 にしのムラサキ・著

継母や妹に虐げられ生きてきた海雪は、ある日見合いが決まったと告げられる。相手であるエリート海上自衛官・柊梧は海雪の存在を認めてくれ、政略妻だとしても彼を支えていこうと決意。生涯愛されるわけないと思っていたのに、「君だけが俺の唯一だ」と柊梧の秘めた激愛がとうとう限界突破して…!?

ISBN 978-4-8137-1553-5／定価748円（本体680円＋税10%）

『天才パイロットは契約妻を溺愛包囲して甘く満たす』 宝月なごみ・著

空港で働く紗弓は、ストーカー化した元恋人に襲われかけたところを若き天才パイロット・嵐に助けられる。身の危険を感じる紗弓に嵐が提案したのは、まさかの契約結婚で…!?　「守りたいんだ、きみのこと」――結婚生活は予想外に甘くて翻弄されっぱなし！　独占欲を露わにした彼に容赦なく溺愛されて…。

ISBN 978-4-8137-1554-2／定価748円（本体680円＋税10%）

『気高き敏腕CEOは薄幸秘書を滾る熱情で愛妻にする』 吉澤紗矢・著

OLの咲良はバーでCEOの颯斗と出会い一夜をともに。思い出にしようと思っていたらある日颯斗と再会！　ある理由から職探しをしていた咲良は、彼から秘書兼契約妻にならないかと提案されて!?　愛なき結婚のはずが、独占欲を露わにしてくる颯斗。彼からの甘美な溺愛に、咲良は身も心も絆されて…。

ISBN 978-4-8137-1555-9／定価737円（本体670円＋税10%）

『クールな脳外科医と溺愛まみれの契約婚～3年越しの一途な愛で陥落させられました～』 和泉あや・著

経営不振だった勤め先から突然解雇された菜子。友人の紹介で高級マンションのコンシェルジュとして働くことに。すると、マンションの住人である脳外科医・真城から1年間の契約結婚を依頼されて…!?　じつは以前、別の場所で出会っていたふたり。甘い新婚生活で、彼の一途な深い愛を思い知らされて…。

ISBN 978-4-8137-1556-6／定価748円（本体680円＋税10%）

ベリーズ文庫　2024年3月発売

『虐げられ令嬢が死亡フラグ回避しようとしたら冷徹王太子の最愛花嫁になりました～ループは溺愛の証でした～』　小蔦（こづた）あおい・著

公爵令嬢・シシィはある男に殺され続けて9回目。死亡フラグ回避するため、今世では逃亡資金をこっそり稼ぐことに！　しかし働き先はシシィのことを毛嫌いする王太子・ルディウスのお手伝い。気まずいシシィだったが、ひょんなことから彼の溺愛猛攻が開始!?　甘すぎる彼の態度にドキドキが止まらなくて…！

ISBN 978-4-8137-1557-3／定価759円（本体690円＋税10%）

ベリーズ文庫 2024年4月発売予定

Now Printing

『タイトル未定(パイロット×再会愛)【ドクターヘリシリーズ】』佐倉伊織(さくらいおり)・著

ドクターヘリの運行管理士として働く真白。そこへ、2年前に真白から別れを告げた元恋人・篤人がパイロットとして着任。彼の幸せのために身を引いたのに、真白が独り身と知った篤人は甘く強引に距離を縮めてくる。「全部忘れて、俺だけ見てろ」空白の時間を取り戻すような溺愛猛攻に彼への想いを隠し切れず…。

ISBN 978-4-8137-1565-8／予価660円（本体600円＋税10%）

Now Printing

『エリート脳外科医が心酔する、三十日間の愛され妻』葉月(はづき)りゅう・著

OLの天乃は長年エリート外科医・夏生に片思い中。ある日余命1年半の病が発覚した天乃は残された時間は夏生のそばにいたいと、結婚攻撃に困っていた彼の偽装婚約者となる。それなのに溺愛たっぷりな夏生。そんな時病気のことがばれてしまい…。「君の未来は俺が作ってやる」夏生の純愛が奇跡を起こす…！

ISBN 978-4-8137-1566-5／予価748円（本体680円＋税10%）

Now Printing

『初恋婚』高田(たかだ)ちさき・著

社長令嬢だった柚花は、父親亡き後叔父の策略にはまり、貧しい暮らしをしていた。ある日叔父から強制された見合いに行くと、現れたのはかつての恋人・公士。しかも、彼は大会社の御曹司になっていて!?　身を引いたはずが、一途な愛に絆されて…。「俺が欲しいのは君だけだ」――溺愛溢れる立場逆転ラブ！

ISBN 978-4-8137-1567-2／予価748円（本体680円＋税10%）

Now Printing

『タイトル未定(御曹司×政略結婚)』紅(くれない)カオル・著

父と愛人の間の子である明花は、継母と異母姉に冷遇されて育った。ある時、父の工務店を立て直すため政略結婚することに。相手は冷酷と噂される大企業の御曹司・貴俊。緊張していたが、新婚生活での彼は予想に反して甘く優しい。異母姉はふたりを引き裂こうと画策するが、貴俊は一途な愛で明花を守り抜き…。

ISBN 978-4-8137-1568-9／予価660円（本体600円＋税10%）

Now Printing

『堅物副社長は甘え下手な秘書を逃がさない』蓮美(はすみ)ちま・著

副社長秘書の凛は1週間前に振られたばかり。しかも元恋人は後輩と授かり婚をするという。浮気と結婚を同時に知り呆然とする凛。すると副社長の亮介はなぜか突然契約結婚の提案をしてきて…!?　「絶対に逃がしたくない」――亮介の甘い溺愛に翻弄される凛。恋情秘めた彼の独占欲に抗うことはできなくて…。

ISBN 978-4-8137-1569-6／予価748円（本体680円＋税10%）

タイトル、価格等は変更になることがございますのでご了承ください。

ベリーズ文庫 2024年4月発売予定

Now Printing

『再会した警察官僚に溺甘保護されています』 鈴(すず)ゆりこ・著

OLの千晶は父の仕事の関係で顔なじみであったエリート警察官僚の英介と2年ぶりに再会する。高校生の頃から密かに憧れていた彼と、とある事情から同居することになって!? クールなはずの彼の熱い眼差しに心乱されていく千晶。「俺に必要なのは君だけだ」抑えていた英介の溺愛が限界突破して…!

ISBN 978-4-8137-1570-2／予価748円（本体680円+税10%）

Now Printing

『ちびドラゴンのママになったので、竜騎士さまとはよろしくできません』 晴日青(はるひあお)・著

捨てられた令嬢のエレオノールはドラゴンの卵を大切に育てていた。ある日竜騎士・ジークハルトに出会い卵が孵化! しかも子どもドラゴンのお世話役に任命されて!? 最悪な印象だったはずなのに、「俺がお前の居場所になってやる」と予想外に甘く接してくる彼にエレオノールはやがてほだされていき…。

ISBN 978-4-8137-1571-9／予価748円（本体680円+税10%）

タイトル、価格等は変更になることがございますのでご了承ください。